1ª edição

Ivan Jaf

ENTRE LINHAS SOCIEDADE

Cidade maravilhosa

Ilustrações: Alberto de Stefano

Conforme a nova ortografia

Atual Editora

Série Entre Linhas

Gerente editorial • Rogério Gastaldo
Editora-assistente • Solange Mingorance
Preparação de texto / Suplemento de leitura e Projeto de trabalho interdisciplinar • Silvia Oberg
Revisão • Pedro Cunha Jr. (coord.) / Amanda Lenharo / Veridiana Cunha

Gerente de arte • Nair de Medeiros Barbosa
Supervisão de arte • Marco Aurélio Sismotto
Diagramação • Edsel Moreira Guimarães
Projeto gráfico de capa e miolo • Homem de Melo & Troia Design
Coordenação eletrônica • Silvia Regina E. Almeida
Impressão e acabamento • Gráfica Paym

Suplemento de leitura e projeto de trabalho interdisciplinar • Silvia Oberg

Dados Internacionais de Catalogação na Publicação (CIP)
(Câmara Brasileira do Livro, SP, Brasil)

Jaf, Ivan
Cidade maravilhosa / Ivan Jaf ; ilustrações Alberto de Stefano. — 1ª ed. — São Paulo: Atual, 2009. — (Entre Linhas: Sociedade)
Acompanha projeto de trabalho interdisciplinar: guia do professor.
ISBN 978-85-357-0887-5
ISBN 978-85-357-0888-2 (professor)
1. Literatura infantojuvenil I. de Stefano, Alberto. II. Título III. Série

08-12202 CDD-028.5

Índices para catálogo sistemático:

1. Literatura infantojuvenil 028.5
2. Literatura juvenil 028.5

Saraiva S.A. Livreiros Editores
Rua Henrique Schaumann, 270 — Pinheiros
05413-010 — São Paulo — SP
Fone: (0xx11) 3613-3000
Fax: (0xx11) 3611-3308 - Fax vendas: (0x11) 3611-3268
www.editorasaraiva.com.br

1ª edição/2ª tiragem
2022

CAE: 576130

Visite nosso *site*: www.atualeditora.com.br
Central de atendimento ao professor:
0800-0117875

ENTRE LINHAS SOCIEDADE

Cidade maravilhosa

Ivan Jaf

Suplemento de leitura

Estamos no século XXII e o desequilíbrio ecológico transformou a vida no planeta Terra em um caos: a chuva ácida cai, há poucas fontes de alimentos, as águas estão contaminadas, o ar cheira mal, há escassez de comida e as pessoas sobrevivem a duras penas. Deste mundo em perigo só escapam aqueles que têm muito dinheiro e podem pagar para viver em condomínios construídos em satélites distantes, como Tânia e seus amigos, ou aqueles que lá trabalham. No Satel Nova Copacabana, tudo é controlado para que não haja desajustes. Nele, o ambiente da cidade do Rio de Janeiro da década de 60 foi recriado e permanece inalterado para que todos possam usufruir uma suposta estabilidade: a velhice, as limitações físicas, os desejos e as angústias são controlados artificialmente pelo Síndico do condomínio com máquinas, tratamentos, alimentação e medicamentos feitos para criar a ilusão de que se está em um paraíso. Mas nem tudo pode ser controlado durante todo o tempo, e Tânia é uma prova disso...

Por dentro do texto

Enredo

1. Como você já deve ter percebido, os capítulos em que este livro é dividido não têm títulos. Junto com um colega, procure lembrar-se do que achou mais significativo em cada capítulo e criem títulos para eles.

2. A cidade do Rio de Janeiro é conhecida como *Cidade maravilhosa*. Depois de ler a história, qual a sua opinião a respeito deste título? Você acha que o autor está utilizando esta denominação no sentido literal ou está fazendo uma ironia? Por quê?

Personagens

3. No início da história, Tânia diz a seu amigo Cláudio que quer se matar, pois está cansada de viver na falsa realidade do Satel e, ao mesmo tempo, não suporta o seu envelhecimento físico. Como a insatisfação da personagem é tratada pela direção do Satel?

4. Rosa, a jovem e bela empregada doméstica levada da Terra para o Satel, desempenha um papel importante nas mudanças que ocorrem com a personagem Tânia ao longo da narrativa. Comente sua importância.

5. Releia o diálogo entre Tânia e dr. Oscar e, a partir dele, comente os valores que norteiam a vida destas personagens e as considerações feitas pelo médico a respeito da unidade corpo e cérebro.

" – De que se trata, senhora?
– Quero colocar meu cérebro no corpo de outra mulher.
O doutor alisou a barba com as duas mãos.
– Sou muito rica – Tânia adiantou.
– Não é só uma questão de dinheiro.
– Não me faça perder tempo! Tudo é uma questão de dinheiro aqui! É possível? Você é capaz de fazer?
Oscar cruzou os braços:
– Se existe alguém capaz de realizar um transplante de cérebro sou eu, minha senhora. Mas preciso conhecer as suas motivações.
(...)
– Não encha o saco. O que é este Satel? Um monte de gente mudando roupas, penteados, terapias... quando no fundo queriam é mudar de corpo. Pois eu vou fazer isso! Tenho dinheiro!
– Tudo bem. Meu papel como médico é apenas alertá-la.
– Agradeço, mas não tenho escolha. Meu corpo está me botando pra fora.
– A senhora é o seu corpo. Também.
– Não me venha com filosofia. Não tenho tempo. O cérebro assumiu o controle. Pronto. E vai cair fora.
(...)
– Seu corpo é uma parte importante da senhora...
– Uma parte descartável. O mundo acontece no meu cérebro. Você sabe disso. É um instalador de marca-passo. Toda esta realidade artificial aqui do Satel é construída dentro do cérebro dos clientes." (p.118-121)

Apesar de você

Chico Buarque

Hoje você é quem manda
Falou, tá falado
Não tem discussão, não.
A minha gente hoje anda
Falando de lado e olhando pro chão.
Viu?
Você que inventou esse estado
Inventou de inventar
Toda escuridão.
Você que inventou o pecado
Esqueceu-se de inventar o perdão.

Apesar de você
Amanhã há de ser outro dia.
Eu pergunto a você onde vai se esconder
Da enorme euforia?
Como vai proibir
Quando o galo insistir em cantar?
Água nova brotando
E a gente se amando sem parar.

Quando chegar o momento
Esse meu sofrimento
Vou cobrar com juros. Juro!
Todo esse amor reprimido,
Esse grito contido,
Esse samba no escuro.

Você que inventou a tristeza
Ora tenha a fineza
De desinventar.
Você vai pagar, e é dobrado,
Cada lágrima rolada
Nesse meu penar.

Apesar de você
Amanhã há de ser outro dia.
Ainda pago pra ver
O jardim florescer
Qual você não queria.

Você vai se amargar
Vendo o dia raiar
Sem lhe pedir licença.

E eu vou morrer de rir
E esse dia há de vir
Antes do que você pensa.
Apesar de você

Apesar de você
Amanhã há de ser outro dia.
Você vai ter que ver
A manhã renascer
E esbanjar poesia.

Como vai se explicar
Vendo o céu clarear, de repente,
Impunemente?
Como vai abafar
Nosso coro a cantar,
Na sua frente.
Apesar de você

Apesar de você
Amanhã há de ser outro dia.
Você vai se dar mal, etc e tal,
La, laiá, la laiá, la laiá.......

Atual Editora

o muro de Berlim, a revolução cubana, o assassinato de John Kennedy, a Guerra do Vietnã, a Revolução Cultural chinesa, a Guerra dos Seis Dias entre Israel e o mundo árabe, as guerras pela independência no continente africano, os movimentos políticos de esquerda, o assassinato de Martin Luther King, o movimento negro americano, o maio francês, a chegada do homem à Lua, o movimento hippie, o feminismo, as várias formas de arte, especialmente a música, com os Beatles, o *rock* e as canções de protesto foram manifestações que mudaram os rumos do mundo. O Brasil não ficou à margem de tais mudanças e a década de 1960 foi, também aqui, um período de ebulição cultural e política.
Com a orientação de seus professores de História, Artes e Literatura faça uma pesquisa sobre os movimentos políticos e culturais que marcaram o nosso país durante este período. Discuta o tema com seus colegas.

16. Dando prosseguimento à pesquisa realizada anteriormente e com base nas informações obtidas, construa uma linha do tempo indicando fatos políticos e culturais marcantes da década de 1960 no Brasil.

17. No panorama cultural brasileiro da década de 1960, a música se destacou de forma especial, marcando não apenas outras formas de arte, mas o comportamento de toda uma geração. A Bossa Nova, o movimento da Jovem Guarda e a música de protesto, foram manifestações de tal importância que continuam influenciando nossa produção artística ainda hoje.
No livro *A década de 60: rebeldia, contestação e repressão política*, Maria Helena Simões Paes (São Paulo : Ática, 1992), afirma: "Chico Buarque, ainda em 1969, lançou *Apesar de você*, que, transformada em "hino de resistência", foi proibida pela censura." (p.77)
Ouça esta canção e discuta com seus colegas a sua letra considerando o contexto político de repressão e censura do período de ditadura militar brasileira. Em sua opinião, por que ela pôde ser considerada um "hino de resistência" naquele momento?

Tempo e espaço

Esta é uma narrativa de ficção científica. Nela, o tempo e o espaço são muito importantes. A história se passa no século XXII, por volta do ano 2122, no planeta Terra e também no Satel Nova Copacabana, no qual o ambiente da cidade do Rio de Janeiro da década de 1960 foi recriado. Neste mundo futuro, a vida humana está em risco por causa das catástrofes ambientais. Esta história, como outras da categoria da ficção científica, pode ser lida como um alerta e uma forma de provocar o debate, a reflexão e a ação frente aos problemas e desafios do presente.

6. Selecione uma passagem do texto que o tenha impressionado pela descrição de nosso planeta no século XXII. Leia para a classe e discuta com seus colegas relacionando-a com problemas atuais como a poluição, o aquecimento global, o desmatamento e suas consequências para a vida na Terra.

7. A história apresenta referências variadas a respeito da cidade do Rio de Janeiro dos anos 1960. Cite algumas passagens nas quais podemos observá-las.

8. Que diferenças a história mostra entre as condições de vida no planeta Terra e as do Satel?

Foco Narrativo

9. O narrador é aquele que conta uma história. *Cidade maravilhosa* é contada por um narrador onisciente, que não participa

da ação, mas revela, em terceira pessoa, tudo o que acontece e também o que se passa dentro e fora das personagens.

Se você fosse escolher uma das personagens da história para ser o narrador, qual seria ela? Por que você a escolheria? Que efeitos e mudanças você acha que isto traria para a narrativa?

Linguagem

10. A linguagem dos moradores do Satel Nova Copacabana reflete o ambiente em que vivem. As personagens usam expressões e gírias e se referem à cultura da década de 1960. O autor utiliza estas marcas para caracterizar o mundo artificial recriado no condomínio e o grau de alienação das personagens, que se deixam manipular voluntariamente para esquecer uma realidade caótica de seu tempo. Leia as gírias e expressões idiomáticas da década de 1960 selecionadas abaixo e explique o que significam.

a) Você tá é na fossa, broto. (p. 3)
b) ... dançou no Blue Angel, botou pra jambrar... (p. 3)
c) Prá que fundir a cuca? (p. 3)
d) Vamos cair na gandaia! (p. 7)
e) Você hoje vai botar pra quebrar! (p. 9)
f) Ideia do balacobaco. (p. 11)
g) E fazemos um sucesso que não tá no gibi. (p. 87)

Temas

11. Uma das temáticas da obra é a opressão, exercida de várias formas. Os moradores do Satel são controlados pelo Síndico com um aparato tecnológico e científico que tem como con-

sequência a construção de uma sociedade alienada, altamente controlada e artificialmente feliz. Em sua opinião, a sociedade contemporânea também exerce formas de controle sobre as pessoas? Justifique sua resposta e cite alguns exemplos, caso ela seja afirmativa.

12. Aprofundando o tema da opressão e do controle de corpos e mentes tratado em *Cidade maravilhosa*, assista ao filme *Inteligência artificial* (Dir.: Spielberg e Kubrick, 2001) e organize uma discussão em classe estabelecendo possíveis relações entre o livro e o filme.

Produção de textos

13. Agora que você já refletiu sobre esta história, escreva uma resenha do livro *Cidade maravilhosa*. Além do resumo, considere os aspectos relacionados à linguagem, ao desenvolvimento da ação, à construção das personagens, e também seu projeto gráfico e ilustrações. Dê sua opinião sobre a obra justificando seus pontos de vista.

14. O final desta história é propositalmente dúbio. Seu desfecho não deixa claro o que teria realmente acontecido com as personagens Tânia e Rosa depois da cirurgia realizada pelo dr. Oscar e Sinatra não tem certeza de qual delas sobreviveu no corpo de Rosa. Escreva uma continuação da história e leia-a para a classe.

Atividades complementares

(Sugestões para História, Ética e Artes)

15. A década de 1960 caracterizou-se por fatos políticos e movimentos culturais que provocaram mudanças em todo o planeta:

Sumário

O futuro teria de cuidar de si mesmo,
como vinha fazendo há muito tempo.

A.E. Van Vogt

1

– ESTOU COM VONTADE DE ME MATAR – disse Tânia, olhando a praia de Copacabana, quinze andares abaixo.

– O seguro-saúde não ia gostar disso – Cláudio rodou as pedras de gelo em seu copo de uísque.

– Papo sério. Está me dando uma vertigem esquisita.

– Você tá é na fossa, broto. Vamos lá pra dentro. O André tá sentado num banquinho, tocando um violão do balacobaco.

– Já estou cheia dessa história de Bossa Nova. Vou me matar.

– Não diga isso! Você sabe que o Síndico não...

– Que se dane. Me atiro lá embaixo e pronto. Acabou-se. Isso tudo é uma palhaçada.

Cláudio olhou em volta, com medo que alguém mais estivesse ouvindo o que a amiga dizia. Quis se afastar, para não se comprometer, mas se fizesse isso ela era capaz de pular mesmo.

Estavam em um canto isolado da cobertura do Tiago. Tânia apertava com as mãos a borda de cimento lunar da amurada, e olhava para o calçadão, quarenta metros abaixo, com uma expressão desesperada.

Cláudio tentou distraí-la:

– Olhe em volta. Que noite linda. Que cenário deslumbrante. Que cidade maravilhosa!

– Não comece com a propaganda! É tudo falso!

– Vivemos no melhor dos Satels. Pra que fundir a cuca?

– Minha vida é uma ilusão. Uma desgraça. Uma bobagem!

– Não diga isso. Aqui é o paraíso. Preferia estar naquele inferno? – E Cláudio apontou para a Terra, no alto do céu estrelado.

– Já nem sei. Pelo menos lá as coisas são reais.

– Isto também é real, pombas! – Cláudio sacudiu o copo de uísque e bateu com os pés nas lajotas brancas de pedra lunar. –

Estamos numa cobertura da avenida Atlântica, de frente para a praia de Copacabana, a Princesinha do Mar! No Rio de Janeiro, a cidade maravilhosa!

– Você acredita mesmo nisso?

– Não estrague a festa!

– Saco.

– Todos os teus amigos te amam. Você é uma garota bacana, Tânia, e representa muito para nós.

– Não venha com essa conversa de "amar ao próximo, louvar a vida e não deixar ninguém descontente". Isso é papo do Síndico. Sou é um percentual nos lucros do plano de saúde.

– Mas o que deu em você? Ontem estava tão bem. Passou a tarde na praia, jantou o filé do *Kilt Club*, dançou no *Blue Angel*, botou pra jambrar...

Tânia sorriu. Cláudio continuou.

– Eu te vi lá, broto. Linda, no meio das luzes e dos espelhos.... E hoje te encontro assim... O que foi? Conta.

– Quer saber? Estou cheia de acordar sempre no mesmo corpo!

– Como é que é?

– No meu quarto, nas festas, nos espelhos... Em todos os lugares onde vou só encontro eu mesma. Velha. Me diz, vai... como posso ser feliz dentro de um corpo destes?

– Quê isso, Taninha? Você tem um corpo legal pra dedéu! Eu podia ser feliz dentro dele...

– Cala a boca. Você quis ouvir a verdade. Vou fazer cento e dois anos! Este corpo está desgastado. Por mais que eu trate dele, o tempo o destrói. O tempo é uma ameaça. Tenho ódio do meu rosto! Estas rugas...

– Quase não se nota.

– Estão aqui, por toda parte!

– Se não ficou satisfeita pode tentar outros tratamentos, ora bolas. Está tudo incluído na taxa de condomínio.

– Já troquei tecidos, órgãos internos e coloquei todos os tipos de próteses biotecnológicas! Enxertei músculos artificiais, apliquei polímeros siliconados e esponjas texturizadas de poliuretano por toda parte! Faço aplicações semanais de Redutor de Envelhecimento

Celular no secador genético do cabeleireiro! Tenho marca-passos, relés e rastreadores microscópicos plásticos monitorando o funcionamento de cada centímetro cúbico desta carcaça! Acho que a esta altura nem sou mais biodegradável.

– Mas Tânia...

– Para que me preocupar com este corpo, dietas, ginásticas... se não gosto dele? Diga! É melhor eu me jogar lá embaixo e acabar com tudo!

– Não faça nenhuma bobagem! Isso passa. É só uma crise existencial.

Ela se debruçou na amurada:

– Eu sei... Estou aqui, pagando para ser enganada... mas simplesmente acho que não posso mais...

Cláudio tomou o último gole de uísque e ficou sem saber o que dizer. Sempre podia agarrá-la, se ela tentasse realmente se jogar.

O silêncio tornou-se insuportável. Não estavam acostumados a silêncio no Satel Nova Copacabana. Ali era para "reinar a euforia, para se estar contente consigo mesmo, num estado de felicidade despreocupada, curtindo praia e festas". Era o que a propaganda dizia. "Só diversão". "Aqui não se corre risco". Pagavam caro por isso. Podiam pagar. Pertenciam à classe flutuante e mereciam o céu. O silêncio era constrangedor.

Por sorte surgiu Fátima, em sua bata indiana estampada, com um copo grande de gim tônica, sempre animada, apesar de seus cento e vinte e três anos.

– O que está acontecendo aqui? Estão calados!

– Tânia está na fossa – disse Cláudio.

– Ah, não. Combinamos ficar tristes depois de amanhã, à tarde, quando o Síndico fará chover. Hoje é dia de festa! Vamos cair na gandaia!

– Não estou me sentindo bem. Eu... – tentou dizer Tânia.

– Vamos – cortou Fátima. – Passe um batom antidepressivo, masque um chiclete de serotonina e venha. Vou te preparar um cuba-libre de testosterona. Vamos!

Tânia deixou-se arrastar, prometendo a si mesma que, em algum momento, naquela noite, se mataria.

2

TÂNIA DECIDIU SE MATAR COM UMA *OVERDOSE* DE EUFORIA INDUZIDA.

Começou tomando cinco *cubas-libres*, com 98 graus de testosterona, antes de descer da cobertura do Tiago. Achou que, com tanto hormônio masculino, quando chegasse à portaria estaria barbada. Mas sentiu apenas uma leve tonteira, e uma vontade enorme de falar de sexo e futebol.

Fátima e Cláudio ficaram com ela todo o tempo.

Primeiro pararam num bar à beira-mar, para um chope.

– O meu sem colarinho – pediu Cláudio.

– E o meu com bastante cloridrato de fluoxetina – disse Tânia.

Fátima riu:

– Você hoje vai botar pra quebrar!

– Odeio ser eu. Vou é me matar – podia ser sincera. Ninguém prestava atenção à conversas negativas por ali. Haviam pago por uma "felicidade ininterrupta".

– Suicídio é o tipo da coisa que sempre se pode deixar pra depois – comentou Cláudio, trocando olhares com a mulher da outra mesa.

– "Não deixe para amanhã o que pode fazer hoje" não serve para o suicídio – completou Fátima, gargalhando, mostrando seus dentes de titânio com cristais de alumínio lunar recém-implantados.

Tânia sabia que era melhor ficar calada, mas o chope fazia efeito, abalando seu sistema nervoso com espasmos de excitação.

– Estou desabando! Coxas, nádegas, as pelancas dos braços, a papada embaixo do queixo! Até minhas orelhas estão caindo!

– Reclame com o Condomínio. Estamos pagando. Peça ao Síndico para diminuir a gravidade – lembrou Cláudio.

– Sou tão preguiçosa – emendou Fátima. – Por mim, quanto menos gravidade melhor. Gravidade é um saco. O tempo que uma criança demora para aprender a andar! A humanidade é contra a gravidade desde que o primeiro homem levou o primeiro tombo! Abaixo a gravidade!

– Não é isso – cortou Tânia. – Estou falando de idade. IDADE! Estamos TODOS desabando!

– Se tudo cai, nada cai.

– Vá pra Terra com sua filosofia barata, Cláudio!

– Calma, queridinha – acalmou Fátima. – Você anda pensando demais. Pensar provoca rugas.

– Rir também! Já se olhou no espelho? Você está cheia de pés de galinha.

– Como diz a propaganda, "esqueça as coisas tristes" – repetiu Fátima.

– Mas elas existem! – gritou Tânia.

– Não! Não existem! – reagiu Fátima. – Viu? Estamos discutindo, e isso não é bom! Podemos sempre mudar de assunto!

– "Se você disser que eu desafino amor, saiba que isso em mim provoca imensa dor..." – começou a cantarolar Cláudio.

Tânia pediu outro chope aditivado e o virou de um gole só.

Fátima cantava:

– "Vivo sonhando, e procurando, um cravo no meu jardim, mas..."

– Tudo bem. Que ótimo! – cortou Tânia. – Estão todos felizes. Felizes como peixes num aquário!

– Legal! Ideia do balacobaco! – aplaudiu Cláudio. – Amanhã

podemos ir à Cabo Frio comer uma peixada. Soube que chegou uma remessa de peixe fresco...

– Da Terra?

– Não, Fátima. Peixe fresco de verdade, descontaminado, das colônias de pesca do satélite de Marte. E chegou de espaçocarga! Não sofreu decomposição molecular, não.

– Delícia. Nem quero esperar até amanhã. Podemos ir agora mesmo, na Barra da Tijuca! Pedimos ostras sintéticas como entrada e...

– Estão malucos? – esbravejou Tânia. – Não existe Barra da Tijuca! Nem Cabo Frio! São só sensações escolhidas num painel neurológico. Tudo falso! Como nossos nomes! Como tudo por aqui! Eu não aguento mais!

– As pessoas estão olhando pra nossa mesa – observou Fátima.

– Os peixes de Drimos vieram mesmo, gente. De verdade. – insistiu Cláudio, confuso. – Eu comi ontem, no restaurante do Copacabana Palace. Frito.

Tânia pediu outro chope e o bebeu compulsivamente.

– Você não tá legal, amiga – consolou Fátima. – Procure o Departamento Médico. Pode ser um mau contato em seu marca-passo cerebral. Isso acontece.

– Este é o problema! – irritou-se Tânia. – Tudo isto aqui é um maldito Departamento Médico!

– Pode ser também um distúrbio orbital – arriscou Cláudio.

– O que é isso?

– Não espalhe, Fátima. O Síndico não gosta que se fale de doença, mas parece que a órbita elíptica deste Satel afeta o nosso estado de espírito.

– Afeta como?

– Quando estamos no Perigeu, o ponto mais afastado da Terra, temos tendência à depressão. Ao contrário, no Apogeu, nos sentimos bem, protegidos, eufóricos até...

– Nunca havia reparado nisso – Fátima balançou a cabeça.

– O Condomínio coloca sais de lítio na água que bebemos, pra controlar esses estados ciclotímicos. Talvez você não esteja bebendo bastante água, Tânia.

– Não enche o saco.

– Essas perturbações orbitais – continuou Cláudio – são consequências da Terra ter a forma oval, o que nos obriga a girar em elipse em torno dela. Dizem que a Associação dos Planos de Saúde têm um projeto de Terraplanagem dos polos terrestres.

– Mas lá só tem gelo.

– Sei lá, Fátima. Então vão derreter. Querem arredondar a Terra, para nos deixar sempre no Apogeu.

– É melhor mudar de assunto – lembrou Fátima. – O Síndico desaconselha que se comente sobre a Administração. Vamos falar de samba!

– Samba é quadrado, broto. Só fala em barracão.

– Mas alguém podia inventar um samba diferente, com uma Bossa Nova...

– Parece que é o que aquele sujeito tá fazendo, lá no Plaza. Improvisos, bitonalidades em relação ao fundo orquestral... Uma melodia diatônica que faz o violão parecer gago...

– Eu sei, mas a batida não deixa de ser a do samba tradicional.

Tânia pediu um quarto chope e o bebeu calada, enquanto os dois prosseguiam aquele papo interminável, encenando, pela milésima vez, a criação de um ritmo musical novo.

Recusava-se a participar daquilo. Os expedientes da Administração do Condomínio não funcionavam mais com ela. O programa Cidade Maravilhosa, pelo qual pagara uma fortuna, ao invés de lhe trazer alegria sempre renovada, agora provocava uma angústia insuportável. Como naquele momento, com aqueles dois ali, representando um passado que não era o deles, e que seria apagado de suas memórias, para poder ser representado de novo, "eternamente, enquanto eles durassem".

Não. O Síndico não tinha mais o poder total sobre sua memória. Lembrou-se de ouvir Fátima e Cláudio antes, nas mesmas conversas infindáveis sobre o surgimento da Bossa Nova. Os diálogos eram sempre iguais. Lembrou-se de como os acompanhava na descoberta dos "novos" artistas na noite de Copacabana. Das festas onde se ouviam as mesmas músicas, como se fossem primeiras audições. De como participava da euforia de estar no Rio de Janeiro, no bairro que chamavam de Princesinha do Mar, na década de 60, no antigo século vinte.

Continuar ali, sem a devida manipulação mental, era uma tortura insuportável.

Depois de todos os *cubas-libres* e chopes aditivados, permanecia estranhamente normal.

Então duas mãos lhe taparam os olhos, por trás. Aquilo já se repetira centenas de vezes:

– Não. Não sei quem é – fingiu.

Era o Marcinho, claro, com sua camisa estampada, seu *jeans* e mocassins sem meia, e a namorada, que ele pensava ser nova, mas que Tânia reconhecia como a mesma de sempre.

– Negóseguin... – anunciou Marcinho – o Rodriguinho tá tocando no Beco das Garrafas.

– Eu sei. No *Bottle's* – confirmou Fátima. – Vamonessa!

Enquanto Cláudio entregava seu cartão de cruzeiro plástico para que a despesa fosse debitada em sua conta, Tânia foi ao banheiro.

Antes de sair, engoliu os três batons antidepressivos e os quatro chicletes de sulpirida neuroléptica que levava na bolsa.

Marcinho e os outros já a esperavam num fusca amarelo conversível, ansiosos para fazer um programa que se repetia quase todas as noites.

Havia duas garrafas de uísque no carro. Tânia bebeu longos goles.

Continuou bebendo na mesa do *Bottle's*. Depois do *show*, dançou com Rodriguinho na pista do *Little Club*. Dali seguiram todos, a pé, pela rua Rodolfo Dantas, cantando e dançando com os postes. Na esquina com a rua Carvalho de Mendonça entraram no inferninho do *Tabarin*, tomaram gim tônicas e foram expulsos depois de Marcinho tentar agarrar a mulher que fazia *strip*. No *Kilt Club*, Tânia recusou a sopa de cebola que Jean-Pierre , o dono da boate, insistia para que tomasse e curasse um pouco o porre.

– Não, obrigada. Estou querendo me matar – ela disse.

Terminaram a noite no *Black Horse*, dançando *twist*. Tânia não parou de beber, e de engolir todos os batons e chicletes que pediu emprestado às amigas.

Dançava, esperando que a morte a atingisse a qualquer momento, que os excessos de estimulantes parassem afinal aquele coração de cento e dois anos, que uma estase fulminante coagulasse o sangue em suas veias, que seu marca-passo entrasse em curto e provocasse uma morte encefálica súbita. Precisava de uma morte bem rápida, antes que a Medicina a alcançasse.

Não conseguiu.

Na verdade, foi ficando sóbria e, quando o garçom Geraldino avisou que estavam fechando, teve de se conformar. Saiu do *Black Horse*. Não quis a carona que Marcinho ofereceu. Recusou também o táxi que Didi, o porteiro, parou para ela. Preferiu ir a pé para casa.

Atravessou a pista de mão dupla da Avenida Atlântica e seguiu pela calçada de pedras marcianas, cujos desenhos em preto e branco imitavam as ondas do mar.

Os carros passavam ao lado. Motoristas bêbados voltavam das festas, em alta velocidade.

A película azul clara da cúpula de vidro metálico estava sendo erguida na linha do horizonte, lentamente, dando a sensação perfeita de um nascer do dia. Achou a Terra muito distante.

"Perigeu", pensou. "Será que Cláudio tem razão?"

Um *Aero-Willis* verde musgo vinha em sentido contrário, apostando corrida com um *Gordini*.

Tânia fechou os olhos e atirou-se embaixo dele.

3

– ACORDA ROSA! HOJE É O SEU GRANDE DIA! VOCÊ VAI PARA O CÉU!

– Eu sei, mãe. Eu sei. Nem dormi direito. Esse barulho é de chuva?

– É.

– Ácida?

– Claro. Leve sua capa de fibra de chumbo.

– Será que o aeroônibus decola com um tempo desses?

– Se ele é capaz de ir além da exosfera, uma chuvinha ácida não deve fazer diferença. Você quer uma ou duas pílulas de cafeína?

– Duas. Preciso estar disposta. Não é todo dia que se sai da Terra.

A mãe a abraçou:

– Eu nunca saí, minha filha. Estou orgulhosa. Eu e seu pai sempre acreditamos que você ia subir.

Rosa esperou que a mãe saísse de seu compartimento de dois metros por um para poder levantar. Despiu o velho vestido de fios sintéticos que lhe servia de pijama e o guardou na mala, pronta já há três dias. Vestiu uma camiseta apertada e um *short* curto de plástico vermelho, revestiu os pés com uma liga aderente de couro artificial e, quando ia pentear o cabelo, a luz intermitente que emanava do teto esburacado afinal apagou.

Soltou o parafuso que prendia a janela e a abriu, para luz entrar.

Não se via muita coisa do sexagésimo andar da Pirâmide Japeri 5 em um dia chuvoso como aquele. Apenas outras pontas de pirâmides ao longe, entre massas de nuvens marrons.

Enquanto se penteava, uma gota de chuva ácida trazida pelo vento caiu sobre sua perna, um pouco acima do joelho esquerdo.

Rosa gritou, enxugou a perna no velho polímero do colchão, mas viu horrorizada que era tarde.

Sua mãe empurrou a cortina plástica para o lado e colocou a cabeça para dentro do cubículo:

– O que foi?

– Olha! – Rosa apontou para a coxa esquerda.

– Olha o quê?

– Caiu chuva aqui! A ferida! Não vão me deixar mais subir!

– Calma, filha. É tão pequena.

– Está em carne viva. A pele saiu.

– Vamos secar bem. Depois cobrimos com maquiagem. Ninguém vai ver.

– Eles examinam a gente...

– Você passou em todos os testes, Rosa. Há meses vem sendo analisada. Hoje é só o embarque. Se fizerem novos exames, será lá no alto. E aí, garanto que não vão fazer você voltar só por causa de uma feridinha.

Rosa se despediu da família no compartimento da sala. Tiveram de ficar de pé, e não puderam arriar a mesa nem as cadeiras ou não caberiam todos.

Lá estavam seu pai, sua mãe, a mãe de seu pai, seus dois irmãos mais velhos e dois tios doentes, que dormiam na cozinha.

O pai a abraçou.

– Não se esqueça de nós – ele disse.

– O que é isso, pai? Venho ver vocês nas minhas folgas.

– E lembre de mandar alguns créditos aqui pra baixo – lembrou um dos tios.

– Cale a boca – cortou a mãe.

– Deixa ele – Rosa sorriu. – Afinal, arranjei esse emprego pra isso mesmo.

A avó a abraçou e beijou:

– Cuidado com esse pessoal da classe flutuante. O dinheiro sobe à cabeça.

– Se algum engraçadinho lá de cima se meter com você, a gente mata ele – resmungou um dos irmãos.

Rosa riu:

– O mais novo deve ter uns cem anos.

Atravessou os corredores sombrios do sexagésimo andar até a aresta norte da pirâmide. Paredes pichadas, descascadas, esburacadas... Exaustores trazendo cheiros engordurados das cozinhas e fedor dos banheiros... Velhos parados nas portas, com pijamas esfarrapados... Crianças correndo, gritando, jogando bolas de polímeros magnéticos, atirando pedras de vidro aluminizado lunar... Grupos de homens sombrios, traficando pílulas, apostando em corrida de ratos... certamente mexeriam com ela, ou tentariam roubar sua mala, se seus dois irmãos não estivessem a seu lado.

Os três deslizaram pelo elevador externo, o único que estava em funcionamento, em mais um dia de pane no reator nuclear central da pirâmide.

A cada andar, trabalhadores aflitos se acotovelavam para entrar no elevador. Rosa e os irmãos desceram, esmagados pela multidão contra o plástico transparente das paredes em forma de bolha, cortando as nuvens ácidas.

Do décimo andar para baixo, no setor de comércio e indústria, o elevador foi se esvaziando aos poucos.

Na rua, os irmãos mal tiveram tempo de se despedir. Uma micronave, com o símbolo do plano de saúde, flutuava na esquina, chamando a atenção de todos. Pairava a três metros de altura, para que os moleques não a alcançassem.

– Nunca vi uma dessas por aqui!

– É hidrogenada!

– Estou atrasada – correu Rosa.

– Boa sorte, irmã! – eles acenaram.

Como todas as poltronas usadas pela Administração, a da micronave analisou em segundos a conformação óssea de Rosa, amoldando-se a seu corpo.

Não havia piloto. Apenas a poltrona, e um botão para apertar. Rosa olhou para trás e acenou de volta para os irmãos, através da bolha de vidro metálico. Duas lágrimas desceram por seu rosto. Apertou o botão.

A pequena tela de bioplasma mostrou o mapa da MegaRioJaneiro/Br. A micronave levantou voo. Seu trajeto era assinalado por uma linha vermelha no mapa.

Mantendo uma altura constante de dez metros, e acompanhando a velocidade do fluxo do trânsito, Rosa voou entre o setor de Pirâmides; passou pelos Cubos, cujos picos subiam a dois quilômetros de altura; pelas Gavetas, que cobriam as superfícies dos morros; até avistar o brilho radioativo do oceano de óleo.

Cento e cinquenta milhões de pessoas se espremiam ali embaixo... As ruas enfumaçadas, abarrotadas de gente... Carnes de animais sendo assadas embaixo de marquises, cozidas dentro de latas velhas... Vidros quebrados, muros derrubados, matagais, rios de esgoto... O emaranhado de canos e fios roubando água e energia das centrais de abastecimento... O barulho infernal dos comerciantes, das sirenes das patrulhas aéreas, dos hinos religiosos, das buzinas... Milhões de guarda-chuvas de chumbo se enfrentando nas calçadas... O fedor do óleo, do lixo, dos corpos em decomposição, de fritura... A ameaçadora visão da praia de areias movediças pretas, com a espuma radioativa ameaçando as ruínas dos edifícios à beira-mar, onde mendigos com corpos mutantes insistiam em morar, isolados pelos muros de chumbo e barreiras antirradioativas, morrendo nas garras de monstros gosmentos que habitavam os oceanos pegajosos do planeta.

As lágrimas não pararam de escorrer de seu rosto.

Estava saindo do inferno.

4

BILHÕES DE PONTOS DE LUZ SOBRE UM VÁCUO NEGRO E INFINITO PISCAVAM À FRENTE DE TÂNIA.

Em algum ponto do universo alguém tossiu.

Uma névoa densa começou a cobrir a galáxia. Algumas rosquinhas de fumaça a atravessavam de baixo para cima e se desfaziam no ar.

Ao fundo, constante, um som oco, ritmado, como alguém socando um cano vazio.

Custou a reconhecer. Estava em seu quarto, deitada na cama, diante da parede de bioplasma, que as pessoas por ali chamavam de TV, e que captava imagens enviadas da Central Lunar de Produção. Naquele momento transmitiam um plano de fundo animado, mostrando a Via Láctea, que sumia e aparecia porque Tânia piscava o olho.

O som oco e ritmado era seu coração batendo.

Não estava morta.

Olhou para baixo e entendeu a névoa. Um homem desconhecido, calvo, com um pequeno e bem aparado cavanhaque branco, estava sentado na poltrona amarela, vestido com um macacão de plástico azul claro, e fumava um cachimbo elétrico, soltando tranquilamente círculos de fumaça a cada baforada.

– Bem-vinda à vida – ele disse.

– Quem é você? O que está fazendo no meu quarto? Por que não estou morta?

– O que quer que eu responda primeiro?

– Sinatra! Sinatra! – ela gritou.

Sinatra, o empregado de Tânia, abriu a porta, colocou a cabeça para dentro e acalmou-a:

– Estou aqui, dona Tânia. Este senhor é funcionário da Administração. Não se preocupe.

O homem apontou o cachimbo para ele:

– Certo, Sinatra. Pode ir. Quero falar a sós com sua patroa.

Voltando-se para Tânia, repetiu a pergunta:

– O que quer que eu responda primeiro.

– Quem é você?

– Um empregado do Síndico. Trabalho para o Condomínio. Sou um ajustador social. Um especialista em comportamento humano.

– Um Anestesista?

– Exatamente.

– Nunca havia visto um.

– Somos como os venusianos. Todos sabem que existem, mas ninguém vê.

– Veio para me "tratar"? Vai me convencer que não estou "normal"? Estou "louca"?

– Seus problemas se devem a uma maneira errada de pensar, derivada de algum distúrbio orgânico. Só isso. Defeitos mecânicos, passíveis de manutenção. Faço reajustes químicos periódicos em nossos clientes e garanto que...

– E se eu lhe disser que está enganado? Que sei perfeitamente porque me sinto estranha... a ponto de querer me matar! Não há nada errado nos meus pensamentos, ao contrário, vejo tudo claramente! SEI o que está me acontecendo!

– Minha função é desativar conflitos pessoais. O que a senhora chama de "pensamentos claros" é apenas o sintoma de uma disfunção orgânica.

– Não é!

— É sim. Tanto que, com intervenções físico-químicas, posso substituir seus pensamentos por outros.

— Não quero. Errados ou não, são MEUS pensamentos.

— O Síndico me autoriza informar que, pelo contrato de adesão ao Condomínio, assinado pela senhora, "os clientes se comprometem a evitar a socialização de dúvidas e questionamentos sobre a realidade do Satel", e, mais importante, "assumem o compromisso de não abalar, de forma alguma, nossa estabilidade".

Tânia ergueu as costas, apoiou-se nos travesseiros e passou as duas mãos pelo rosto.

— Está vendo isto? As bolsas de gordura, as células mortas, as rugas? Acha mesmo que não tenho MOTIVOS para estar farta de viver? Acha que tenho paciência para continuar com esta farsa? Olhe para mim! Por mais que vocês me tratem, me conservem... não adianta! Acabo sempre parecida com como me sinto por DENTRO! Evito qualquer coisa que reflita minha imagem! Tenho ciúmes de mim mesma no passado! Invejo tudo que não envelhece... As pedras... O plástico...

— Procuramos tornar a vida do cliente...

— Um "paraíso seguro", como diz a propaganda? Mentira! Farsa! Vocês não controlam o tempo! Ele continua passando. Tudo aqui se desgasta, como em qualquer outro lugar. Tudo se deteriora. Olhe para mim. Sou uma TRAGÉDIA BIOLÓGICA!

— Desculpe se vou parecer ríspido, mas a senhora não foi enganada. Nossos clientes não estão buscando a felicidade. Estão comprando. E nos autorizam a mantê-los felizes.

— Vocês manipulam as mentes.

— A senhora paga por esse serviço, lembra? E não é barato. O que aconteceu no seu caso, e não sabemos ao certo o motivo, foi uma desprogramação dos padrões comportamentais do seu grupo. Estou aqui para readaptá-la.

— Quero ficar com meus pensamentos! Quero a realidade! Quero sofrer! Quero MORRER!

O homem desligou o cachimbo e o guardou num bolso lateral, de onde tirou em seguida uma pequena placa de bioplasma, que digitou com o dedo indicador.

Ela sentiu uma leve ardência na testa.

– Sei o que está... Senhor Anestesista... Pare!

– Estou fazendo com que seu marca-passo cerebral gere pequenas descargas elétricas, provocando, pela excitação dos neurônios, uma liberação média e constante de endorfina pelo hipotálamo.

Ela lutou contra a sensação de calma e bem-estar que a invadiu, mas perdeu.

Ele continuou a falar, olhando a pequena tela fosforescente em sua mão esquerda:

– A senhora está sofrendo de uma desordem de ansiedade. Os perigos que imagina não são reais.

– São sim... A velhice...

– Apresenta um quadro de ambivalência, misturando motivações opostas, o que faz com que prefira caminhos desconhecidos a ambientes familiares, mesmo quando estes são agradáveis e seguros como um Satel.

– Pare... Desligue isso... Por favor...

– Os primeiros sintomas de falhas comportamentais foram detectados há meses, quando recusou-se a participar de festas e jogos virtuais. Dizia aos amigos que estava cansada de tudo. Foi denunciada à Administração.

– Cansada mesmo... Pessoas insuportáveis... As mesmas festas sempre... A maldita Bossa Nova...

– Fiscais de conduta nos alertaram que a senhora estaria perigosamente "se voltando para dentro". Foram feitos exames para diagnosticar a causa da necessidade de solidão. Usamos um Medidor de Coeficiente Emocional durante o sono, e fizemos uma revisão funcional de seu marca-passo cerebral, no secador de cabelos de sua cabeleireira. Não encontramos nada de anormal.

– A Rita... Ela me paga...

– Sua cabeleireira, como todas as outras, é uma funcionária do Departamento Médico. A senhora sabe disso. Pedimos a ela uma avaliação diária de sua pulsação, pressão arterial, grau de radiação cósmica, raio X e gama. Todos se apresentaram dentro do padrão médio. A manicure nos forneceu exames de sangue, também normais, com pequenas alterações para baixo na taxa de glicose, o que poderia gerar um leve cansaço e depressão. Não corria risco de uma hipoglicemia, mas o distúrbio foi corrigido no teor de açúcar de suas caipirinhas.

– Doces demais... Eu reclamava... Horríveis...

– Durante a fase de exames mantivemos a senhora num estado moderado de euforia induzida, através dos pequenos impulsos elétricos gerados pelo marca-passo cerebral na região do córtice, ativando os centros de prazer e recompensa sempre que estivesse com os amigos, participando de reuniões, jogando, ouvindo Bossa Nova...

– Bossa Nova... Por quê... vocês...

– Isso manteve seu quadro estável. A senhora voltou a representar o seu papel no grupo...

– Estou velha... Velha... Ninguém...

– Rita nos forneceu fios de cabelo para avaliações de sua composição química corporal. Encontramos algumas deficiências, todas provocadas por defeitos de nutrição. Foram devidamente sanadas com alimentos enriquecidos. Detectamos também uma disfunção de sua glândula endócrina, cujas secreções lançadas no sangue não eram suficientes para as funções normais do cérebro. Fornecemos hormônios necessários em seus chopes.

– Estragaram os chopes... miseráveis. Quero meu dinheiro de volta.

– Mas, ainda segundo os relatórios, nada disso pareceu justificar sua tendência à desprogramação, senhora Tânia. De qualquer forma, a constância química e física de seu ambiente corporal vem sendo mantida desde então, pelo Departamento de Homeostase.

– Me deixem em paz... Só isso!

– É um caso instigante, senhora. Se me permite o tom pessoal. Terei prazer em acompanhá-lo de perto.

O homem disse isso e levantou-se para ir embora.

Tânia sentiu o entorpecimento muscular que antecedia o sono programado à distância pelo marca-passo cerebral. Suas costas foram escorregando lentamente pelos travesseiros. Estendeu o braço, tentando tocar no Anestesista.

– Por... por que... não morri... atropelada?

O homem aproximou-se da cama, curvou um pouco o corpo e falou:

– Vou lhe contar um segredo. Não se pode cometer suicídio neste Satel.

Ela conseguiu agarrar-lhe o pulso. Ele estremeceu com o contato, mas continuou a falar:

– Não podem se envenenar, como a senhora tentou, porque instalamos *biochips* desintoxicantes na corrente sanguínea de vocês, que funcionam automaticamente quando algum órgão dá o alerta de excesso.

Ela já não conseguia falar.

– Também não podem atentar fisicamente contra o próprio corpo porque, quando uma mensagem dessas parte do cérebro, como se jogar embaixo de um carro, por exemplo, ela é bloqueada milésimos de segundos antes, a pressão cai e a pessoa desmaia.

Abriu os dedos da mão de Tânia, para soltar seu pulso:

– Estabilidade, minha senhora. É a palavra chave da Administração. É a palavra chave para um satélite continuar girando. Dramas pessoais não devem estragar a felicidade geral. Suicídios não podem ocorrer neste Satel. Imagine como isso seria ruim para a imagem de um paraíso criado por um plano de saúde.

O homem tornou a pegar a placa de bioplasma e, com uma descarga elétrica potente do marca-passo cerebral, apagou da memória de Tânia os últimos trechos de sua conversa.

– Vocês têm toda a liberdade aqui em Copacabana, broto. Menos de se matar. Isso quem decide é o Síndico.

Sorriu e saiu do quarto.

5

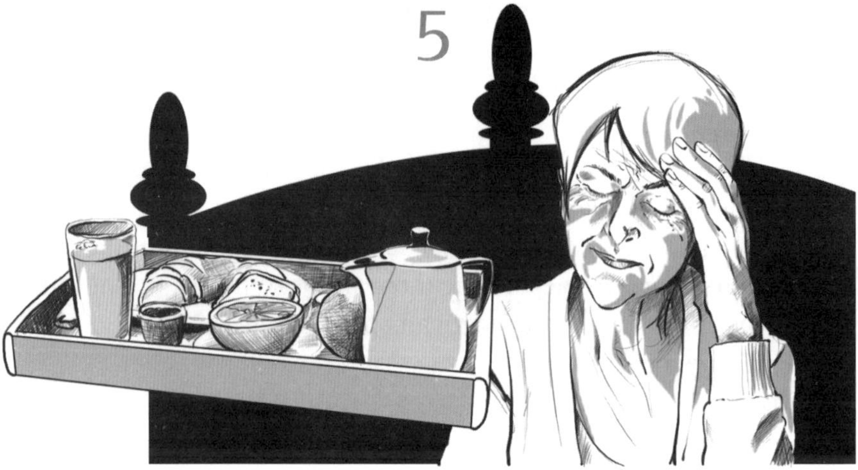

A PORTA ABRIU E A BANDEJA FLUTUANTE ENTROU, TRAZENDO O DESJEJUM DA PATROA.

– Bom dia, dona Tânia – cumprimentou Sinatra. – Como se sente?

– Ótima.

– Se estranhar o paladar de algo é porque seu café da manhã foi alterado, segundo as prescrições do Anestesista.

– Então ele esteve aqui de fato. Pensei que havia sido um sonho.

– Não. Não foi.

– Não consigo me lembrar direito de como ele era, ou do que disse. Estou confusa. Eles mexem um bocado com a cabeça da gente.

– Mexem sim.

Tânia bebeu leite e fez uma careta.

– Ácidos graxos O3 – informou Sinatra. – Dosagem máxima. Para reduzir os triglicérides e melhorar a circulação sanguínea.

– Argh! Uma vaca com a barriga cheia disso teria morrido na hora.

– O que é uma vaca, senhora?

– É o animal de onde extraíam o leite, não me pergunte como, no tempo da minha trisavó. Lá na Terra. Vi num filme.

– Os terrestres bebiam um líquido retirado do interior de um animal? – Sinatra balançou a cabeça, incrédulo.

Tânia tentou o suco de laranja, e gostou.

– Limonoides, terpenos e catequinas – ele disse. – Anticancerígenos e antioxidantes.

Ela preparou uma torrada com bastante margarina. Nova careta.

– Mas está intragável!

– Carregaram nos fitosteróis.

– Que porcaria é essa!?

– Uma substância parecida com o estrogênio, o hormônio feminino.

– Vou reclamar à Administração. No contrato diziam que os remédios não teriam gosto ruim.

Mastigou e engoliu.

– Está certo. Ontem eu exagerei no *cuba-libre* de testosterona.

– Não foi ontem, senhora. Dormiu por dois dias. Letargia.

– Dei um susto neles...

– Estarão monitorando constantemente seu equilíbrio químico.

– E o que mais o Anestesista prescreveu?

– Um TIB nível 5.

– Que é isso? Eles mexem tanto na memória da gente que ficam faltando uns pedaços.

– TIB é Tratamento Intensivo de Beleza. Nível 5 é o máximo. Tudo naturalmente pago pelo Condomínio.

– Naturalmente... A não ser pelas taxas extras que sempre aparecem no final. Enfim, talvez isso me faça bem.

– Pelo que eu entendi, o Anestesista concluiu que a senhora teve uma crise de ansiedade provocada pela baixa autoestima. Um embelezamento corporal a deixará curada.

– Bem, não custa tentar. Eles sabem o que fazem.

Experimentou o iogurte.

– Parece plástico amassado...

– *É* plástico probiótico, senhora. O gosto diferente vêm das fibras vegetais, enriquecidas com ácidos fenólicos.

– E pensar que tudo isso um dia veio da vaca. Até o queijo. E uma coisa chamada manteiga. Sem falar de dezenas de tipos de carne.

– Como extraíam isso tudo de dentro do animal?

– Sei lá.

– Experimente a geleia de uva – sugeriu Sinatra. – A quercetina foi...

– Pare. Prefiro que não me explique mais nada.

– Como quiser, senhora.

Depois de comer Tânia despiu-se e entrou no reservado para extração de secreções. A música suave foi acionada imediatamente, e os dutos de perfume encheram o pequeno cômodo de paredes azul-claras com o odor de eucaliptos orvalhados.

As fezes e a urina, sugadas sem contato com o ar, foram diretamente ao Laboratório Geral para serem analisadas e estudadas pelos especialistas, que anexaram o resultado ao boletim matinal de Tânia.

Ainda sentada, recebeu borrifos clorados com aroma de morango, e pomadas contra hemorroidas, previstas para surgirem dali a um ano, segundo previsões genéticas.

Levantou-se e entrou num compartimento anexo, para uma esterilização corporal com feixes de íons.

Cuspiu no ralo. O cuspe foi sugado, analisado e o resultado também anexado ao boletim médico.

Voltou para a cama bem disposta.

Sinatra já recolhera a bandeja flutuante com o resto do café da manhã e a aguardava.

– A senhora deseja fazer amor agora?

– Seria ótimo. Continuo um pouco tensa. Deite-se.

Sinatra tirou o uniforme e obedeceu.

– Como gostaria, senhora?

– Posição 38. Intensidade Máxima. Potência 50.

– E a música?

Tânia o olhou nos olhos e disse:

– Nossa música será sempre a mesma, querido. Sempre. É o nosso segredo.

– Não gostaria de variar? Ouvir uma Bossa Nova.

– Eu mataria você.

Os dois riram.

Fizeram amor conforme o especificado.

Ao final, ela jogou-se de costas na cama, acendeu um cigarro elétrico e ficou ouvindo o empregado cantar:

When somebody loves you
It's no good unless he loves you
All the way

6

TIROU DO ARMÁRIO SEU CACHORRINHO DE ESTIMAÇÃO E APERTOU SEU FOCINHO PARA LIGÁ-LO.

Rolley começou a abanar o rabinho e a latir em volta dela. Tânia abriu-lhe o compartimento atrás da nuca, puxou a coleira e foram passear na praia.

Atravessou a pista de mão dupla, mas não parou no calçadão. Não queria andar ali, encontrar as mesmas pessoas... A areia já havia sido esterilizada, o mar clorado e salinizado... Preferiu caminhar pela beira da água, sozinha.

Andou até a pedra do Leme, pensando na vida.

Na volta, deixou Rolley desligado na portaria e foi até a academia de ginástica.

O Espelho Falante localizou em segundos seus pontos de excesso de gordura e flacidez e prescreveu os exercícios indicados.

"Outra farsa", pensou. Ali a Administração diminuía a ação da gravidade, tornando os pesos leves e o esforço dos músculos praticamente nenhum. Os corpos na verdade eram modelados pela medicina. Desgastes físicos desnecessários, como a ginástica e o esporte, haviam sido abolidos há décadas, depois da descoberta de que a adrenalina, um hormônio produzido pelas glândulas suprarrenais durante esses esforços provocava, a longo prazo, retardamento mental irreversível.

Em seguida, foi ao Instituto de Beleza, onde a informaram de que a partir daquele dia seria submetida ao TIB nível 5.

Começou com uma ginástica facial, para enrijecer os zigomáticos e o frontal. Depois, estimuladores elétricos contraíram e descontraíram todos os músculos de seu corpo, combatendo a flacidez das nádegas, coxas, peitos e braços. Em seguida, microinjeções de *biochips* desfizeram as gorduras localizadas, eliminando a celulite.

Permaneceu meia hora mergulhada num gel de placenta sintética, enquanto a esteticista informava que nas próximas semanas seria submetida a uma série de retoques estruturais, como implantes localizados de pele jovem desenvolvida geneticamente a partir de suas próprias células; lipoaspiração ultrassônica para destruição de gordura a nível celular; modelagem de cintura, culote, mamas e nádegas; bronzeamento artificial; banhos de ácidos esfoliantes como a resorcina e o tricloroacético fenol, para remover a camada queratósica e acelerar a multiplicação de células jovens; escamação com feixes de raio laser; micropróteses orgânicas em todo o esqueleto para prevenir a osteoporose, etc.

Todo o serviço seria pago pelo plano de saúde, menos o material utilizado, como as micropróteses e os *biochips*, cobrados posteriormente numa taxa extra.

Tânia sorriu.

Recebeu por fim uma massagem em todo o corpo com hidratantes à base de unguentos de embriões terrestres, devidamente descontaminados, e foi correndo para o Copacabana Palace.

Tomou drinques com moderadores de apetite na piscina, almoçou com Cláudio, Fátima e toda a turma os famosos peixes marcianos, e combinou os agitos noturnos.

Recebeu os primeiros elogios por sua aparência.

Deitada em sua cama, foi colocada, por controle remoto, num estado de sonolência induzida de uma hora.

No começo da tarde, desceu de sua cobertura novamente, para ir à praia. Caminhou para a direita, até o Posto 6, e esticou-se sobre sua toalha.

Vendedores de mate-limão a incomodaram. Uma bola de vôlei acertou-lhe a perna. Mergulhou duas vezes na água esterilizada. Aviões holográficos cruzaram o céu, arrastando faixas com mensagens do plano de saúde: *VOCÊ ESTÁ AQUI PARA SE DIVERTIR – NÓS GOSTAMOS DE VOCÊ – AGORA COM CARÊNCIA ZERO*

Ao brincar com uma concha, leu a gravação no interior, *Propriedade do Satel Nova Copacabana*, e ficou deprimida.

Antes de voltar ao apartamento, passou no cabeleireiro. Rita a esperava com uma lista de prescrições enviadas pelo Departamento de Homeostase, para a manutenção de seu equilíbrio físico-químico.

Tânia soube que nas próximas semanas faria, diariamente, uma tomografia no secador de cabelo; o reflexo de seu rosto, captado pelo espelho, seria enviado para análise de expressões e avaliação dos estados de espírito pelos funcionários da fiscalização comportamental; a pedicure colheria seu sangue e células para análise; fios de cabelo seriam estudados quimicamente; a manicure mediria sua temperatura e pressão sanguínea; etc.

Tânia chegou muito atrasada à cobertura de Tiago.

Encontrou os convidados já excitados, pelas bebidas aditivadas e os cigarros elétricos de anandamida que passavam de mão em mão. De lá, partiram para a vernissage de Neto.

A galeria de arte estava lotada.

Neto exibia seus trabalhos mais recentes, uma mistura de panos coloridos e quadros com desenhos geométricos.

Os grupos se espalhavam pelo grande salão, discutindo acaloradamente sobre "vanguardas", "a necessidade de um manifesto", "a criatividade das camadas populares"... Tânia ficou calada, bebendo seu vinho branco com neuroestimulantes, concordando com tudo que ouvia.

Neto ia de grupo em grupo, explicando sua proposta de transformar a própria vida em arte e atacando a sociedade de consumo. Vivia excitado, engolindo pílulas de criatividade, que exacerbavam demais a autoestima e o deixavam a maior parte do tempo maníaco e insuportável, falando sobre si mesmo sem parar.

Dali em diante começou a longa maratona de festas, *shows* de Bossa Nova em pequenas casas noturnas do Beco das Garrafas, paradas em bares, sessões de *strip* em inferninhos e *twist* e chá-chá-chá em boates.

Às quatro e meia da manhã, na saída da boate *Blue Angel*, Tânia pediu emprestada a lambreta de um amigo para dar uma volta no quarteirão.

Dobrou a esquina, acelerou ao máximo na Avenida Nossa Senhora de Copacabana, furando todos os sinais, até ser colhida violentamente por um *Simca Chambord* preto.

7

A MICRONAVE DEIXOU ROSA NO ESPAÇOPORTO TERRESTRE DO PLANO DE SAÚDE.

Esteiras rolantes a levaram ao balcão, onde uma atendente conferiu seus documentos:

– Idade?

– 22 anos – respondeu Rosa.

– Data de nascimento?

– 5 de Janeiro de 2100.

– Religião?

– Cruz/ 34/@.globo.

– Minha família toda também. Mas eu larguei, pra poder ficar com o meu namorado, que era de outra e os pais dele...

Rosa estava nervosa demais para prestar atenção. Apenas sorriu. Respondeu ao resto do questionário. Raspou o polegar numa fina lixa sobre o balcão. Seu DNA foi analisado a partir de células das partículas de pele. Código confirmado.

Vinte pessoas esperavam o aeroônibus na sala de embarque. Tinham uma média de setenta anos. Eram trabalhadores comuns da Terra, calados e apáticos, selecionados entre milhões; analisados mental, física e quimicamente por meses; aprovados em centenas de testes. Até seus sonhos noturnos tinham sido avaliados, atrás de fatos obscuros da infância.

Os homens a olharam. Ela escondeu a pequena ferida da coxa com a mala. Reparou que só ela carregava mala.

Em seguida foram convidados a entrar por um túnel metálico. Três funcionários da Administração indicavam a cada um uma pequena porta.

– É a primeira vez que sai da Terra, não é? – um deles perguntou a Rosa.

– Como sabe?

– A mala. Não lhe avisaram?

– Minhas coisas. Algumas roupas. Só isso.

– Não pode levar nada. Deixe tudo aí dentro e vista o traje de viagem. Seus objetos pessoais serão devolvidos a sua família.

Rosa entrou em um cubículo, como um provador numa loja de roupas. Assim que ficou nua, um flash de luz azul explodiu no teto. Um "banho" de íons. Sua primeira esterilização.

Vestiu um macacão plástico verde claro, que lhe cobria até a cabeça, os pés e as mãos, deixando apenas o rosto de fora. Olhou-se na superfície espelhada da parede de metal polido. Ninguém veria sua ferida.

Saiu para o corredor. Todos, vestidos de verde claro, com o símbolo do plano de saúde impresso no peito, esperavam. A porta, no final do estreito tubo metálico, se abriu. Lentamente, foram entrando numa espaçonave espaçosa, pisando em um grosso tapete azul marinho, e sentando em poltronas duplas, com um corredor no meio.

Rosa apressou-se, para pegar uma janela. Não havia janela.

Por todos os lados, sobre todos os objetos, o símbolo do plano de saúde.

Sentou-se ao lado de uma mulher. A poltrona a abraçou.

A iluminação diminuiu. O tom azulado permaneceu todo o tempo. Um aroma de eucalipto emanou dos dutos. Os macacões plásticos se inflaram e endureceram, impedindo qualquer movimento. A espaçonave girou noventa graus sobre seu eixo, lentamente.

– Como é o seu nome? – perguntou a senhora a seu lado. O rosto gordo sorrindo entre a touca plástica.

– Rosa.

– Eu sou Marta. Não fique assustada.

– Não estou acostumada.

– É tudo muito seguro. Estamos nas mãos de um plano de saúde, não se esqueça. Como diz a propaganda: "Proteção total, 24 horas por dia".

– Mas estou paralisada!

– E já ligaram a camada protetora magnética. Vamos partir.

– Meu nariz está coçando.

– "Tudo aqui é feito para o seu bem".

Um ligeiro estremecimento na poltrona.

Em seguida um impulso tão forte para frente que Rosa sentiu suas pálpebras se rasgando, os olhos saltando, as narinas dilatando, a boca abrindo como se os lábios fossem se romper e os dentes pular das gengivas e ela gritou!

TROPOSFERA

– Pronto. Viu?

– Quase morri!

– Foi só o susto – Marta riu. – Para vencer a força de atração da Terra é preciso uma aceleração muito grande.

– É horrível.

– Faço essa viagem há dez anos, de três em três meses. O único problema são as rugas aqui nos olhos, e na boca.

– O que a senhora faz lá em cima?

– Me formei em Biotecnologia e Medicina Geriátrica. Sou pedicure num salão de beleza. É um ótimo emprego. Se pudesse, não saía de lá. Queria ser cliente deles, mas é um plano de saúde muito caro.

– Todos dizem que eu tive muita sorte.

– E teve mesmo. Os critérios de seleção não são fáceis. Você deve ter uma estrutura genética perfeita.

– Nem sei direito o que é isso. Estava procurando trabalho. Minha família precisa muito e...

— Os homens não tiraram os olhos de você na sala de embarque. Com a sua idade, e um corpo desses... E, além do mais, você ainda deve ser mamífera, não é?

—Sou. Não tenho dinheiro...

—Eu sei. A transformação para ovípara está muito cara.

— Minha família é humilde. Eu nem acredito que estou subindo. É um sonho. Morar num Satel.

ESTRATOSFERA

— Vamos ficar paralisadas o tempo todo?

— Não, Rosa. Só até sairmos da atmosfera.

— Não sinto meu corpo.

— É melhor assim. Estamos a uns 40000 km/h.

— Não gosto disso. Queria chegar logo.

— A viagem dura mais ou menos uma hora.

— Esse negócio deve ser perigoso! Eles disseram que...

— Não. Quanto mais longe da Terra, mais seguro. A 600 km de distância, um satélite fica girando por uns 30 anos antes de cair. A 2000 km, fica em órbita por 20000 anos. A 42000 km, o Satel vai girar por milhões de anos. É o que eles chamam de órbita geoestacionária.

— Então, acho que não tem problema, não é?

IONOSFERA

— Eu pensei que ia ter janela...

— Você não ia gostar de ver certas coisas.

— O quê?

— Uma zona de meteoros incandescentes, por exemplo.

— É?

— Fora todo o lixo que gira por aí. Restos de naves, poeira cósmica, pedaços de foguetes, satélites abandonados, carcaças de estações espaciais, entulho de todo tipo...

— Podemos bater em alguma porcaria dessas?!

— Impossível. Qualquer objeto que ameace um aeroônibus é desintegrado a quilômetros. Rosa, coloque uma coisa na sua cabeça: este plano de saúde "não deixa nada de ruim acontecer com você".

– Agora não falta muito. Estamos chegando.

– Me conte como é lá, Marta.

– Não explicaram?

– Fale mais.

– Bom, o que eu sei é que os moradores do Satel Nova Copacabana escolheram, nos arquivos do plano de saúde, uma época especial, a década de 1960, no antigo século 20, numa cidade chamada Rio de Janeiro, que ficava mais ou menos onde nós moramos hoje em dia, lá na Terra.

– Por quê?

– Parece que foi uma época muito divertida para os ricos.

– Mas os ricos não se divertem sempre?

– Dizem que aqueles anos foram especiais. Era um balneário à beira-mar, com uma elite local disposta a agradar os estrangeiros. A mão de obra era barata e as praias limpas.

– Não acredito! As pessoas podiam chegar perto das praias?

– Elas mergulhavam na água!

– Não é possível!

– Foi o que eu entendi. Você vai ver. A Administração fez uma réplica perfeita da praia mais famosa da época, chamada Copacabana. Copiou também as ruas, os bares, os prédios. Uma beleza.

– Deve ter custado uma fortuna.

– O dono do plano de saúde...

– O Síndico.

– É. Ele tem outros Satels. Os ricos podem escolher em que época do passado querem viver. Pagam uma mensalidade caríssima, mas ninguém reclama. É um negócio bem bolado. Longe da Terra. O ambiente é totalmente seguro. Controlado. Os clientes duram cento e cinquenta anos, até mais...

– Imagine...

– E como nada de mal acontece com eles, o plano de saúde não tem despesas extras. Nenhum imprevisto. Apenas manutenção e prevenção.

– Me disseram que só tem velho.

– Não é proibido entrar jovens, mas quase não existe gente da sua idade com dinheiro suficiente para pagar um plano de saúde desse tipo. A maioria dos clientes passa dos cem anos. São quase todos viúvos, e vivem de renda.

– Não sei se vou gostar.

– Mas prepare-se para chamar bastante a atenção. Com um corpo desses...

– Ei. Por falar nele. Veja. Estou mexendo... Olha o meu braço!

– Pronto. Saímos da atmosfera da Terra.

– Estou com saudades da minha mãe.

8

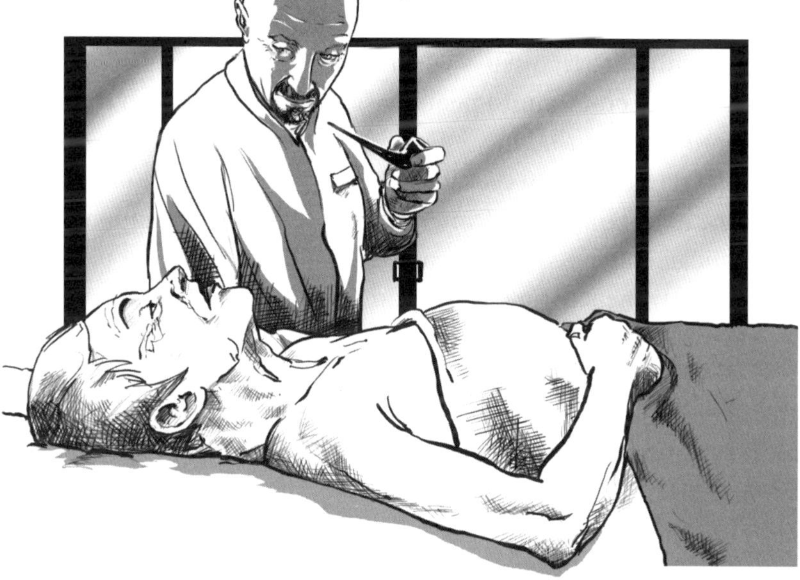

QUANDO TÂNIA ABRIU OS OLHOS, VIU A PONTA DO CACHIMBO ELÉTRICO APONTADO PARA SEU ROSTO.

– Tentou bancar a esperta... – disse o Anestesista.

– Pelo visto, novamente não morri. Isso está virando rotina.

– Quis imitar um acidente, achando que, se os rastreadores de mensagens cerebrais não detectassem a intenção do suicídio...

– Parecia uma boa ideia. Vai explicar por que não deu certo?

– Já reparou que ninguém aqui adoece nem se machuca?

Tânia tentou levantar, mas estava completamente paralisada. O Anestesista estava feliz:

– Nossos clientes estão protegidos por um ambiente absolutamente civilizado e seguro. Vocês são monitorados dia e noite.

– Por dentro e por fora.

– Exato. Nosso programa CCC, Controle de Conexão Constante, conta com aparelhos sofisticados, como o Medidor de Aspecto Cromático Corporal, por exemplo. A senhora sabia que o corpo humano possui uma aura magnética colorida?

– Ouvi falar.

– As más intenções provocam mudanças nas cores dessa aura.

Nosso Medidor detecta isso com antecedência. No Satel Nova Copacabana não se corre o risco de "sofrer lesões provocados por reações emocionais bruscas de terceiros". Ou pelo próprio cliente, como no suicídio. Não leu o contrato?

– As letras eram muito pequenas. Mas eu me lembro do *Simca Chambord* bater em mim.

– Isso de fato aconteceu. Porém, em primeiro lugar, os sensores do *Simca* detectaram a "má intenção" da senhora, acionaram o freio automaticamente e o impacto contra a lambreta foi muito pequeno.

– ... senti meu corpo ser jogado longe! Achei que estava indo pra cucuia!

– Sua mudança cromática foi detectada desde a boate . Demandamos com urgência uma camada protetora magnética, como as usadas pelos passageiros das aeronaves. Qualquer coisa que viesse ao encontro de seu corpo, acima de uma velocidade normal, acionaria um magnetismo negativo e não poderia atingi-la.

– Por isso não consegui dançar junto...

– A senhora de fato rolou pelo piso na rua, e chegou a bater num poste, mas, como está vendo... nem um arranhão.

– E esta paralisia?

– Nada a ver com o acidente. Faz parte do tratamento. Com um toque na tela de bioplasma, podemos paralisar um paciente rebelde à distância.

Tânia não podia mexer um dedo.

– Isso o deixa feliz?

O Anestesista sorriu abertamente e ficou andando de um lado para o outro, apontando seu cachimbo elétrico para todos os lados.

– Notou, não é? Estou. Estou contente.

– Que bom. Eu me sinto péssima. Meu nariz está coçando.

– Estou feliz porque afinal descobri o motivo pelo qual a senhora teima obstinadamente em se matar.

– Podia ter poupado tempo. Eu SEI por que quero me matar! É porque estou velha! Odeio o meu corpo! Estou cansada de mim mesma! Quer que eu faça uma declaração por escrito?

– Calma. Eu lhe devolverei sua paz de espírito. A senhora pagou por ela.

– Acha que posso ficar em paz comigo mesmo dentro de um corpo destes?

– Perfeitamente. E já tenho a solução.

– Meu método é mais rápido e barato.

– Barato? Um suicídio abalaria nossa estabilidade, seria uma arma poderosa nas mãos da concorrência, uma péssima propaganda e arrasaria nossa imagem empresarial!

– Ninguém precisa saber. Eu invento uma viagem. Me atirem no espaço! Me desintegrem na sala de extração de fezes! Não conto pra ninguém...

– Impossível. Muitos clientes já perceberam seu comportamento antissocial. Como agiu ontem? Lembra? Insistiu em ficar na praia sozinha por duas vezes. Permaneceu à parte em todas a reuniões. Chegou atrasada nas atividades que sinalizariam uma esperada adesão ao grupo.

– Estava sendo vigiada!

– "Por dentro e por fora". Senhora, compreenda... queremos apenas que os condôminos aceitem nossas regras, sem oposição. Não podemos deixá-la subverter a ordem. Isso poderia arrebatar outros descontentes. Um comportamento inusitado atrai a atenção. Desculpe a franqueza, mas a senhora se transformou num tumor maligno, desenvolvendo-se à parte do tecido normal...

– Então pronto! Me extirpem!

O Anestesista aproximou-se e encostou-lhe a ponta do cachimbo na testa:

– Ao contrário! Vamos usá-la como instrumento de reforço à estabilidade social!

– Me deixe em paz!

– Vou deixá-la. Acredite. É o meu trabalho – levantou-se e voltou a caminhar pelo quarto. – A Administração se defende baseada no esquema de imunidade do corpo humano. De que maneira as células morrem?

– Isso eu gostaria de saber...

– Por necrose ou apoptose. Na necrose a célula é atacada por enzimas que dissolvem sua membrana e a esvaziam. É a chamada morte natural.

– Esvaziem a minha membrana...

– O seu é um caso de apoptose. A célula se separa das outras e fabrica, em seu próprio núcleo, uma enzima que a faz em pedaços. Ela se suicida.

– Sou uma incompetente.

– E eu sou uma célula próxima, encarregada de impedir que a senhora cometa uma apoptose.

– Mundo pequeno.

– Foi analisando por esse ponto de vista que descobri o motivo de sua insistência em se matar. Tenho o diagnóstico e o tratamento! E os elogios do Síndico!

– Escute, quero me matar porque não suporto mais viver dentro deste corpo velho, neste paraíso artificial, junto dessas pessoas esclerosadas, ouvindo Bossa Nova!

– A senhora "pensa" que é por isso. Na verdade, o problema não é ambiental. É genético!

– É! Meus genes estão velhos e caducos! Como todo o resto!

– O problema estava no seu genotipo. O tempo todo! Analisei pessoalmente o mapa de seus genes, na mostra de DNA fornecida pela senhora durante os exames de admissão ao Condomínio, e descobri um gene mutante defeituoso, expresso em um receptor 2A de seratonina. É um mensageiro químico ligado ao humor. Quando não funciona direito causa depressão, e aumenta muito o risco de suicídio.

– Ele sabe o que faz.

– Não sabe não. Deveria ter sido detectado na avaliação, mas é compreensível... Temos cem trilhões de células. Cem mil genes em cada uma. Os funcionários às vezes deixam passar...

– Deixem o pobre gene agir.

– De jeito nenhum. A senhora se encontra neste exato momento em tratamento. Seu perfil genético está sendo modificado por um gene sadio, levado por um *biochip*. O processo exige uma desaceleração de seu metabolismo. Ficará paralisada, em letargia, por uma semana. Acordará curada! E eu serei promovido a Anestesista *Master*!

– Eu só quero morrer!

– Desista! Acordará uma pessoa feliz! Permanentemente feliz! E mostrará isso aos outros, organizando uma grande festa nesta cobertura, para comemorar seus cento e dois anos!

– Eu quero morrer!

– E eu lhe darei um presente! Está incluído no tratamento. Todas as despesas pagas!

– Tenho medo de perguntar. O que será?

– Uma empregada doméstica.

– Tenho o Sinatra.

– Sabe como consegui? Convenci o Síndico de que seria excelente, para sua recuperação, ter uma mulher mais nova em quem mandar. Foi um processo muito usado no antigo século vinte, e oferecia ótimos resultados na preservação da autoestima de senhoras da sua idade.

– Morrer, entende? Apenas morrer...

– Quero que todas as suas amigas a invejem! Quero que a notícia da sua felicidade se espalhe! Quero a maior festa que este Satel já teve!

– Quero coçar o nariz.

9

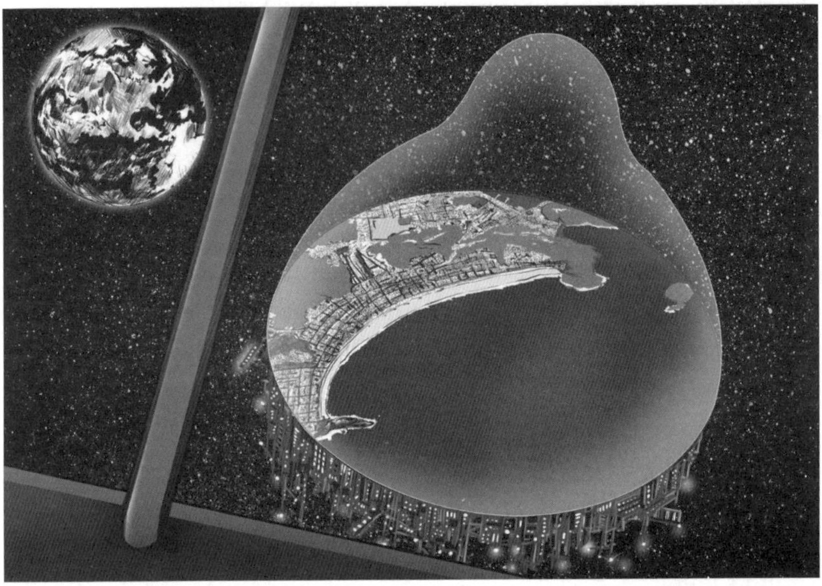

– VAMOS FICAR ASSIM, ROSA, NESTE VOO ORBITAL, ATÉ O SATEL CHEGAR. Só podemos acoplar quando ele estiver no perigeu. Não demora muito.

– Não se sente nada, Marta. Não se vê nada. Não vou ter o que contar para o pessoal lá de casa. Será que eu podia ir lá na cabine do piloto?

– Não há piloto, menina. Esta nave é guiada por rotas matemáticas, memória espacial eletrônica e sensores externos. Por isso "nada pode sair errado", como diz...

– ... a propaganda. Certo.

– Se você quiser olhar para fora, pode colocar a mão sobre a placa vermelha lá no fundo... aquela.

Rosa levantou e atravessou o corredor entre as cadeiras. Os olhares masculinos a seguiram. Ao pressionar a mão direita sobre o quadrado de plástico vermelho em alto relevo na parede, esta se tornou transparente.

Teve de se apoiar no encosto de uma poltrona para não desmaiar.

O universo era como um plástico preto com bilhões de furos de agulha, que deixavam passar uma luz misteriosa, vinda do outro lado.

Viu a Terra de longe. Uma bola azulada, com manchas brancas, que flutuava solitária. Não parecia fazer parte do resto.

Rosa enxugou uma lágrima. Sentiu um aperto no braço. Marta a segurava:

– Sempre acontece alguma coisa quando a vemos de longe, pela primeira vez.

– A Terra está deslocada, Marta. Não se encaixa. Como eu.

– Sente uma sensibilidade estranha nos pés?

– É. Como se não estivesse pisando em nada.

– Os pés nunca se conformam, Rosa. Ah! Veja, ali na frente. O destino está chegando.

– O Satel?

– É. A Cidade Maravilhosa.

– Parece uma pera.

O Satel se aproximava, girando devagar sobre si mesmo.

Uma imensa bola de vidro metalizado, com uma ponta alongada.

Toda a parte superior era transparente, e estava voltada para a Terra. À medida que se aproximava, Rosa distinguia os edifícios, as ruas.

– Não vai me dizer que aquela mancha azul ali é...

– É. É o mar, garota.

– Mas azul? Azul-claro?!

– Como era naquele tempo. Dizem.

O aeroônibus ajustou-se, num ângulo de 45 graus, em direção à ponta do Satel.

Marta a puxou pelo braço.

– Vamos sentar. Vão nos paralisar de novo, para a acoplagem à estação receptora, na base.

– Ei! Fechem essa janela – alguém resmungou.

Levantou-se para seguir os outros passageiros. Do aeroônibus passou para um túnel metálico, com muitas portas, semelhante ao do embarque. Novamente, atendentes do plano de saúde encaminharam cada passageiro a seu cubículo.

– Faça o que a voz mandar. Não tenha medo. Acabará se acostumando – despediu-se Marta. – Talvez a gente se encontre de novo. Boa sorte.

A cela redonda, com um metro de diâmetro e paredes de vidro fosco, fechou-se em torno de Rosa.

Tire a roupa e a jogue no chão, ordenou a voz grave, masculina, que parecia vir do teto.

Obedeceu. Estava muito longe de casa para voltar atrás.

Assim que o macacão encostou no chão, foi desintegrado.

Em seguida, e por mais de duas horas, foi submetida a um processo de descontaminação: bombardeada por feixes de íons; banhos de hexaclorofeno e metitol; irradiações UV; e mais banhos de biocaína, monoclorofila, xantolisina e profina que saíam de milhares de microdutos das paredes da cabine. Picadas indolores injetaram gama globulina em sua pele. A voz mandou que encostasse o cabelo na parede, para uma verificação do equilíbrio químico de seu corpo. Depois aproximou o olho aberto, para análise da íris. E teve ainda de bafejar, para um controle bacteriano do aparelho respiratório e digestivo.

De repente sentiu uma picada mais forte no ombro esquerdo. Gritou e desmaiou.

Acordou tonta, num compartimento um pouco maior, retangular. Vestia um macacão plástico branco, com o símbolo do plano de saúde na altura do peito. O macacão tinha uma perna só.

Ela estava deitada numa chapa de aço polido, entre quatros paredes de plástico rígido branco.

Havia um círculo, com tinha vermelha, em volta da ferida na sua perna esquerda.

A senhorita está acordada, a voz voltou.

– Estou.

Não foi uma pergunta. Por favor não responda. Esta é uma mensagem da Administração. A senhorita cometeu uma falta grave, passível de expulsão, como consta em seu contrato de trabalho. Encontramos uma ferida em sua coxa, e feridas são terminantemente proibidas no Satel Nova Copacabana. A senhorita devia ter comunicado o acidente ao plano de saúde antes de embarcar.

– Mas aconteceu no último minuto... Uma gota de chuva ácida...

Por favor, não responda. Neste pequeno centímetro quadrado de carne sem pele e sangue coagulado, foram encontrados traços de estreptococos, estafilococos, gonococos e pneumococos. A análise virótica diagnosticou um campo propício para aparecimento de herpes e mononucleose. É desnecessário dizer que qualquer uma dessas bactérias ou vírus seria capaz de exterminar os clientes do Satel Nova Copacabana em semanas.

– Eu não imaginei que...

Não responda. Este é um comunicado unilateral. Em circunstâncias normais a senhorita seria mandada de volta imediatamente, e obrigada a arcar com as despesas de transporte.

– Não faça isso, voz.

... mas, por ordem expressa do Anestesista responsável, sua ferida foi submetida a uma assepsia profunda, e isolado todo o conjunto de vasos capilares em volta. Criamos um departamento especial para monitorar diariamente sua ferida, até que cicatrize.

– Então não vão me mandar de volta para a Terra?

Por favor, não faça perguntas. Não. A senhorita tem autorização para subir à superfície. Pode vestir as roupas que estão dentro da caixa branca e sair.

Rosa não tinha visto a caixa branca, diante da parede branca. Abriu. Havia uma calça de tecido azul, desbotado, desfiado nas bainhas, com um pedaço de couro, com a palavra *Lee* gravada, na parte de trás do cós. Havia também uma camiseta e uma sandália de couro.

Tirou o macacão e vestiu-se.

Um último comunicado.

– O que é?

A senhorita tem um belo corpo.

– Palhaço.

Saiu para um corredor em curva, de paredes metálicas, vazio.

Podia ver dezenas de portas, de ambos os lados. Setas luminosas pretas no chão apontaram para a esquerda.

Rosa as seguiu.

Não encontrou ninguém. O corredor terminava em um elevador quadrado, com paredes espelhadas e cheiro de alfazema. Entrou nele.

Começou a subir suavemente, num silêncio absoluto.

Quando parou, e as portas voltaram a abrir, estava em uma praça arborizada, o sol brilhava num céu muito azul, sem nuvens, e corria uma brisa refrescante. Havia brinquedos, flores, velhos com roupas coloridas, ou quase sem roupa, e no ar um cheiro de sal.

Um homem louro, alto, forte, aparentando trinta anos, com olhos azuis muito claros, aproximou-se dela.

– Você é a Rosa?

– Sou.

– Eu a esperava.

– Oi.

– Meu nome é Sinatra.

10

– ESSE CHEIRO DE SAL É UM DESINFETANTE CHAMADO MARESIA – explicou Sinatra. – É lançado dos exaustores alinhados no horizonte, e trazido até aqui pelas brisas artificiais. Um ótimo germicida. E antibacteriano pulmonar também.

– Delicioso. Quero saber mais! – Rosa estava maravilhada. – Você não acredita quanto tempo sonhei em conhecer um Satel! Eu via os anúncios... Era o meu sonho de consumo. Puxa, agora eu sei: A Terra fede!

– Pode perguntar o que quiser.

– Vamos ver o mar de perto!

– Temos tempo. Tudo bem.

Atravessaram a praça.

– É tudo tão florido! – ela se espantava.

– O Departamento de Ecologia é muito eficiente. As espécies vegetais são monitoradas, através das raízes, e recebem os nutrientes necessários.

– Onde estamos?

– Esta praça se chama Lido.

– Ei! O que é aquilo?

– Um carro.

Pararam junto ao meio fio, ao lado de um poste, diante de uma pista coberta com uma camada de cimento lunar cinza, de uns doze metros de largura. Carros passavam sem parar, de um lado para o outro.

– São muitos!

– Cuidado, Rosa. Não sei se você já está protegida contra choques.

– Por que não saem do chão?

– Era assim que se moviam no antigo século 20.

– Sobre rodas? Que estranho.

– Usavam combustível tóxico. Expeliam veneno. Esses aí são hidrogenados, claro. Todos os objetos por aqui são antigos apenas na aparência. Na verdade não há tecnologia mais avançada do que a dos planos de saúde.

– Eu sei.

Um homem, de aproximadamente 130 anos, desacelerou seu *Gordini* conversível ao ver Rosa e gritou:

– Gostooosa.

– Idiota!

Sinatra a puxou pela mão e atravessaram a pista correndo.

– Acho que vai ter de se acostumar a isso também – ele disse, quando pararam na calçada oposta. – Um corpo jovem como o seu, por aqui...

Mas Rosa não o ouvia. Olhava o mar, e mal podia falar.

– Eu não acreditei! Quando me disseram...

– Parece que é assim que ele era, desde o começo dos tempos... Até que a humanidade...

Rosa tirou as sandálias e entrou na areia.

– Preciso molhar os pés!

Sinatra a seguiu. As ordens eram para não deixá-la um só instante, e levá-la para a cobertura de Tânia.

As ondas quebravam mansas na areia.

Rosa arregaçou as calças até a altura dos joelhos, entrou no mar e ficou parada, olhando as montanhas holográficas à esquerda, o horizonte em frente, o forte militar cenográfico à direita, os próprios pés... A brisa das 16h e 15 min balançava suavemente seus longos cabelos escuros... A película amarela da base da campânula de vidro metálico que cobria o Satel dourava sua pele morena... Respingos de água colavam a camiseta em seu corpo... O *jeans* modelava suas formas perfeitas e naturais...

Sinatra, parado na areia, sentiu desejo por ela.

Havia outros homens em volta, olhando para Rosa. Sentiu ciúmes.

Não entendia. Como podia estar sentindo desejo e ciúmes por outra mulher?

11

– A TERRA FICA SEMPRE ALI? – perguntou Rosa, apontando para o alto.

– Fica. Estamos em órbita síncrona, sobre a linha do Equador. Só a distância é que muda.

Conversavam junto à amurada, na cobertura de Tânia.

– Você não sente medo, Sinatra? Quer dizer... este lugar é tão... tão solto no espaço.

– Temos uma blindagem indestrutível de plástico, tungstênio, fibras cerâmicas inorgânicas e cristais de alumínio extraídos da Lua.

– Puxa.

– Vamos ficar onde estamos por milhões de anos.

– Mas, e se alguma coisa bater na gente?

– Temos campos magnéticos formando escudos protetores, e raios desintegradores de matéria de longo alcance. E camadas externas especiais contra raios cósmicos e radiações solares.

– Fico imaginando como trouxeram tudo até aqui.

– Fomos construídos no espaço, com materiais enviados da Lua.

– Não acredito!

– A sede do plano de saúde é lá, não sabia? No Mar da Tranquilidade. Esta amurada, por exemplo, ou este piso, vêm das fábricas de cimento extraídos das rochas lunares.

– É mesmo?

– De lá é muito mais fácil lançar os materiais. A gravidade é menor. É preciso muito menos propulsão. Nossa água também vem da Lua.

– Eu ia mesmo perguntar como é que encheram um mar desses...

– É enviada do subsolo dos polos lunares. Os átomos de hidrogênio e oxigênio chegam separados e são novamente recompostos em moléculas.

– Claro. Não iam querer a nossa água suja lá da Terra.

– Tudo que se consome aqui vem por feixes de radiações de átomos das fábricas lunares da Administração, sem impurezas, absolutamente esterilizados.

– A comida também?

– Venha, vou mostrar a você.

Atravessaram o grande salão.

– Esses objetos são apenas decorativos – Sinatra ia explicando. – Foram copiados da década de 60, do antigo século 20. Aquilo ali é um "telefone", lá é uma "vitrola", na estante você vê "livros"...

– De papel?

– Não! Aqui no Satel não existe papel.

– Por quê?

– É inflamável. O fogo é expressamente proibido. Nada que queime oxigênio, entende? O ar daqui é rigidamente controlado. Nosso maior inimigo é o dióxido de carbono. Os Satels são ambientes fechados.

– Estou ficando assustada.

Sinatra teve vontade de protegê-la, abraçá-la, dizer que nunca deixaria nada de mal acontecer a ela... Controlou-se:

– O oxigênio consumido pelos clientes e pelos vegetais é extraído das moléculas da água. É absolutamente puro, e mantido a níveis constantes.

– Ei! Olha só! O que são essas bolachas pretas furadas?

– "Discos". Eram usados para ouvir música.

Rosa encostou um deles no ouvido.

– Ainda tocam?

– Não. Para isso eles precisavam ficar girando na "vitrola", eu acho.

– Veja esses pés de cadeiras, finos como palitos. Esses móveis... Mas Sinatra, onde está a patroa?

– Na academia de ginástica. Deve estar chegando.

– Eu gostaria de saber sobre o meu trabalho, antes de falar com ela.

– Vamos à cozinha.

Havia um luminoso, piscando numa das paredes, onde se lia em letras roxas: MIGALHAS.

– Esta é a cozinha, Rosa.

– É maior do que todos os compartimentos da minha família juntos!

– Todos esses objetos também são ornamentais. Aquilo branco ali é o que chamavam de "geladeira". Servia para abaixar a temperatura das coisas. Você colocava uma cerveja lá e esperava que ela esfriasse, imagine.

– E esses armários?

– Estão cheios de panelas decorativas.

– Nós ainda usamos panelas na Terra.

– Vê este objeto? É o que chamavam "fogão". Dizem que saía fogo aqui de cima. Um absurdo. Preste atenção. As comidas em estado sólido vão aparecer aqui, no "forno". Os líquidos você pegará dentro da "geladeira".

– Tudo bem, mas como é que eu "faço" as comidas?

– Você não "faz". "Encomenda" aqui, neste painel. É uma placa de bioplasma.

– Sei.

– Pressionando o dedo... Vê?... Aparece a lista de todos os alimentos que existem, sólidos e líquidos. É só perguntar o que dona Tânia deseja, vir aqui, apertar sobre o nome da comida ou bebida e ela aparece em três segundos no "forno" ou na "geladeira", já com os nutrientes, aditivos e remédios ministrados pela Administração.

– Posso saber "como"?

– Feixes de radiação, Rosa.

– Certo.

– Há uma "cozinha central", na sede do plano de saúde, lá na Lua. Eles têm um arquivo com todos os tipos de alimento transformados em "informação"...

– Não entendi.

– Um bife com fritas é um conjunto de átomos reunidos. Eles mandam para cá um registro informativo "bifecomfritas", diretamente para este forno, através de um feixe de radiação. O "forno" recompõe os elementos das partículas atômicas do bife com fritas e pronto.

– Muito prático.

– A transmissão de matéria poupa muito trabalho.

– Imagino que não vou precisar lavar louça...

– Não. Pratos, copos, restos de comida... jogue tudo aqui neste recipiente plástico. É um desintegrador. Era chamado "cesto de lixo".

– E esse letreiro maluco piscando aí em cima? "MIGALHAS"... "MIGALHAS"...

– No passado um Satel quase foi destruído por migalhas de biscoito. Estes ambientes estão cheios de dutos que trazem oxigênio, gases esterilizantes, perfumam... Quando entopem, é um problema. Espalharam letreiros em todas as cozinhas, para lembrar que não se deve deixar cair migalhas por aí.

– Tudo bem.

– Outra coisa. Não se preocupe com o funcionamento de nada. Os aparelhos fazem um autodiagnóstico e eles mesmo chamam a assistência técnica na Central de Reparos.

– Que bom.

– Alguns eletrodomésticos possuem sensores de adaptação aos hábitos de seus proprietários, por isso não estranhe quando os chinelos de dona Tânia correrem para ela quando sair da cama, ou o bar automático oferecer-lhe um uísque às seis da tarde.

– Pode deixar.

– Também não se aborreça quando os objetos menores sumirem, como vidros de perfume, batons, sapatos... São feitos para se desintegrar em dois meses. É para estimular o consumo. As lojas do Satel

Nova Copacabana são uma boa fonte de renda para o Síndico.

– Sem problema.

– Você foi contratada como empregada doméstica. É só fazer o que dona Tânia mandar.

– Não parece difícil.

– Na verdade, nem necessário. Há departamentos da Administração que poderiam cuidar de tudo.

– Então por quê...?

– Dona Tânia passou por problemas e um Anestesista receitou você para ela – ele estava falando demais. Mas não podia evitar. Sentia-se estranho.

– Não entendi.

– A patroa dará uma festa de aniversário, sábado que vem. Você servirá para causar inveja nas amigas dela. Ter uma empregada doméstica de carne e osso é um grande privilégio por aqui. O Anestesista garante que ser invejada é um ótimo estimulante da sociabilidade. Agora prepare-se. Sinto que ela está chegando.

12

– ESPUMA BRANCA É TÃO LINDA... – disse Rosa, esfregando as costas de Tânia.

– E você queria que fosse de que cor?

– Na Terra as espumas são cinzas, marrons, amarelas... Branquinha assim, cheia de flocos, eu nunca tinha visto. Olha como flutuam!

– É a baixa gravidade. Não pare! Vocês usam sabões coloridos?

– Não, senhora. O sabão da gente nem faz espuma.

– Então...?

– Lá o que faz espuma é produto químico vazando, esgoto saindo das fossas...

– Ai. Mais devagar. Assim. Esse tal de esgoto eu já vi.

– Aqui?

– Não! – Tânia fez cara de nojo. – Num programa de televisão. Nós assistimos notícias lá da Terra... Os problemas, a violência, a poluição, os crimes... Para dar mais valor aos Satels.

– Aqui é muito bom mesmo.

– Quem não ia querer se manter distante daquilo?

– É verdade.

– E não há nada que se possa fazer. Bom, às vezes a Administração inventa algum movimento de caridade. Dizem que demonstrar interesses humanitários é bom para o equilíbrio emocional. Então fazemos uma grande festa, e doamos roupas e objetos.

– Isso é muito bonito da parte dos senhores.

– Mas não sei se ajuda muito. Você sabe. As coisas aqui se desintegram em dois meses.

– O que vale é a intenção.

– Esfregue mais, embaixo do braço... assim... Ai, você tem a mão áspera. Espalhe mais esse creme, menina! Assim não faz efeito.

– Este é para hidratação?

– Especial para o meu tipo de pele. Ácido pirrolidino, carboxílico, ureia e alantoina. O creme ajuda a penetração profunda desta água antioxidante. O que faz espuma é a solução concentrada de colágeno, elastina, e extratos placentários e amnióticos. Depois aplique aquela loção ali...

– Esta?

– Estimula as glândulas sebáceas e sudoríparas, para enrijecer a pele. Você sabia que nós também aparecemos na tevê?

– Verdade?

– Os Satels mandam imagens uns para os outros. Para nos sentirmos uma família feliz, entende? E fazemos um sucesso que não tá no gibi.

– Gibi?

– É. Todos gostam de admirar como a classe flutuante do antigo século 20 se divertia na Cidade Maravilhosa. Ainda bem que o Síndico controla a população, senão todo mundo ia querer vir pra cá, invadir a nossa praia. Mas o nosso plano é o mais caro que existe. Não é pra qualquer um não.

– Por falar nisso, dona Tânia, eu queria pedir para dar um mergulho no mar...

– Tem maiô?

– Não senhora.

– Então vamos fazer compras e depois pegar uma praia.

Rosa pensou que enlouqueceria de prazer. Bastava entrar nas lojas, experimentar roupas, sapatos, bolsas, joias... entregar um pequeno cartão plástico para a vendedora e pronto.

— Debitam na minha conta — explicou Tânia. — E pago junto com a mensalidade do plano de saúde. Daqui a dois meses posso comprar tudo de novo, sem me sentir culpada.

— Mas é maravilhoso!

Tânia sorriu. Afinal o Anestesista tinha razão. Ter uma empregada pobre, que se maravilhava a cada novidade, a fazia sentir-se muito bem. Rosa vibrava com o que só vinha causando tédio e angústia à patroa. E Tânia, que há poucas semanas tentara se matar, agora orgulhava-se do mundo em que vivia.

Rosa saiu de maiô *Catalina* vermelho, com um pano colorido amarrado na cintura. Atravessou a calçada, as pistas, cortou a areia, descalça, dando gritinhos de prazer, até chegar ao mar. Então tirou a toalha e entrou na água.

A Avenida Atlântica parou. O trânsito engarrafou. Um *Dauphine* prateado bateu na traseira de um *Cadilac* conversível.

Tânia ficou para trás.

Centenas de homens calaram-se, extasiados, olhando Rosa dar pequenos mergulhos desajeitados, com os longos cabelos molhados escorrendo nas costas nuas, o maiô revelando as formas do seu corpo.

Homens vinham de todos os lados para a beira da água, saíam dos bares, apareciam nas janelas dos edifícios com binóculos, abandonavam os carros.

Tânia estudava a reação deles.

Rosa custou a perceber o que estava provocando. Ao voltar-se para acenar para a patroa, viu a quantidade de velhos que a olhavam, em silêncio. Constrangida, correu a enrolar-se na toalha e pediu para Tânia:

— Vamos voltar para o apartamento?

— É. Acho melhor.

Os homens abriam corredores para elas passarem.

Ao atravessar a avenida Atlântica, a toalha escorregou e caiu. Ouviu-se um coro de suspiros masculinos.

Rosa passou de maiô por entre as mesas de um bar e entrou rápida na portaria do prédio.

Tânia parou para falar com Cláudio e Danilo, que tomavam chopes numa das mesas.

– Vocês foram os únicos que não correram atrás dela – disse Tânia.

– Não foi por falta de vontade – queixou-se Cláudio. – Acontece que hoje não posso nem andar.

– A privada eletrônica fez-lhe um tratamento de próstata rigoroso – riu Danilo.

– Mas que pedaço de mau caminho você arranjou – entusiasmou-se Cláudio.

– É minha nova empregada doméstica.

– Que coisa mais linda – disse Danilo.

E o outro completou:

– Mais cheia de graça. É ela a menina...

E continuaram, marcando o ritmo batendo com as mãos na mesa:

– Que vem e que passa... num doce balanço...

– A caminho do mar.

– Moça do corpo dourado... O seu balançado...

– É mais que...

Tânia deu as costas, roendo-se de raiva, e entrou no prédio.

13

– HOJE É O DIA DA FESTA! – anunciou Sinatra ao entrar na cozinha, no sábado. Rosa já o esperava:

– Um grande dia para a patroa. Ela parece feliz.

– E ansiosa. Todos os convidados confirmaram presença. Vai ser um acontecimento! O bioplasma está cheio de mensagens. Chega a ser estranho tanto interesse. Acontecem tantas festas por aqui.

– Estou pronta para o trabalho.

– Ótimo. Hoje não precisa ligar o cachorro. Deixe o Rolley no armário. Não queremos ele por aí incomodando as pessoas.

– Ouvi falar que ia chover.

– Ia, mas a Administração transferiu a chuva para semana que vem. Ordens de cima. Deve ter sido coisa do Anestesista. Esse sujeito tem uma influência danada.

– Isso é que é. Lá na Terra chove quando tem que chover, e chuva ácida, e ninguém pode fazer nada contra. Se dependesse de mim aqui não chovia nunca.

– Dizem que é bom, para dar mais valor ao Sol. Como se sente? Está preparada? Por que está roendo unha? Nervosa?

– Não. É um esmalte com flúor. Havia uma ordem da Administração no bioplasma da parede do meu quarto. Era para eu pintar as unhas e ficar roendo, para evitar as cáries. Estou ótima. O serviço aqui é fácil. Não tem poeira.

– O ar é filtrado.

– Os tapetes massageiam os pés da gente. Não preciso regar as plantas.

– A água chega pelas raízes.

– Tudo é leve, os móveis são fáceis de arrastar. Os cigarros não fazem cinza...

– Claro que não. Nada de fogo por aqui. São elétricos. Ligam sozinhos na primeira tragada, depois ficam soltando uma fumaça mentolada, descongestionante nasal e desinfetante pulmonar. A Administração tenta convencer os clientes a fumar, mas nem todos colaboram.

– Velho costuma ser teimoso.

– Bom, Rosa, os convidados começarão a chegar por volta das dez da noite. Você andará com a bandeja entre eles, distribuindo bebidas e salgadinhos.

– Não há nada preparado. Tem certeza de que o forno...

– Absoluta. É só apertar sobre o menu do bioplasma.

– Você vai estar por perto?

Rosa perguntou isso com o rosto muito perto de Sinatra. Ele sentiu seu hálito perfumado e detectou o calor do seu corpo jovem.

– Vou – conseguiu dizer.

– Eu me sinto melhor quando você está por perto – ela disse, chegando ainda mais perto.

Sinatra deu meia volta e saiu às pressas da cozinha.

À meia-noite Tânia teve certeza. Aquela era a festa mais concorrida dos últimos tempos no Satel Nova Copacabana. Todos os seus amigos, e os amigos de seus amigos, estavam lá. Haviam chegado cedo e já excitados, como se a Administração houvesse exagerado na dosagem extra de anfetamina acrescentada à água nos sábados à noite.

Mal se podia andar por sua cobertura.

Todos se desmanchavam em elogios sobre a decoração do apartamento, a animação dos convidados e a qualidade do serviço.

Nada faltava. Drinques e aperitivos chegavam na hora certa, os aditivos químicos vinham bem misturados e a empregada que os servia era muito simpática.

As amigas de Tânia babavam de inveja.

A euforia era total. No salão, casais frenéticos dançavam *chá-chá-chá* e *yê-yê-yê*. Pelos cantos, grupos discutiam a importância revolucionária da poesia neoconcreta e o compromisso de se fazer filmes engajados. Outros, ao contrário, defendiam aos berros o experimentalismo, a arte de vanguarda e se organizavam para fazer manifestos.

Um homem, de mais de 140 anos, cruzou o apartamento pelado.

Champanhe com estrogênio, empadinhas com THC e salgadinhos recheados com enquefalinas, liberados pela Administração exclusivamente para a festa, levaram os convidados à loucura.

Tânia estava nas nuvens.

O Anestesista acertara. Ela nunca se sentira tão feliz, tão integrada em seu meio social. E, afinal, satisfeita consigo mesma e até com o seu corpo. Flutuava de grupo em grupo, recebendo elogios, abraços, beijos, cantadas e beliscões.

Foi arrastada para dançar várias vezes.

Um gigantesco bolo apareceu, trazido do andar de baixo pelos vizinhos, com cento e duas velas elétricas. Todos cantaram "Parabéns pra você" em ritmo de Bossa Nova. Ela desligou as velinhas chorando. Um senhor de uns 120 anos, vestindo apenas uma tanga, com o corpo forte recheado de polímeros biológicos e anabolizantes, saiu de dentro do bolo e correu com ela no colo enquanto todos gritavam e aplaudiam.

Às cinco da manhã poucos haviam ido embora. A animação continuava, inesgotável.

Tânia saiu para a varanda e sentou-se numa espreguiçadeira que a abraçou, massageou e relaxou seus músculos com indolores descargas elétricas. Estava sozinha. Queria descansar alguns minutos, para voltar a se divertir. Por ela aquela festa não acabaria nunca.

Protegida por três espessos arbustos, começou a prestar atenção na conversa de dois homens, bêbados, na mesa ao lado. Pelas vozes, reconheceu seus amigos Cláudio e Danilo.

– E pensar que uma coisa dessas veio da Terra – disse este.

– Uma beleza selvagem, brotando como uma flor no pântano – suspirou Cláudio.

– E essa mulher é boa pra dedéu.

– É de fundir a cuca.

– Agora, com essa papa fina entre nós, vai ser difícil olhar pras outras.

– E aquilo que ela tem na coxa, Danilo? Você viu?

– Como não!? Uma ferida! Com casca e tudo!

– Que pernas! E a saia curta!

– Quer saber, Cláudio? Troco todas as mulheres deste Satel por aquela casquinha de ferida!

– Eu também! Esta festa só aconteceu por causa da Rosa.

– As feias que me perdoem, mas beleza é fundamental.

Tânia teve a sensação de que sua cabeça havia se separado do pescoço. Viu as próprias mãos e não reconheceu.

Olhou para cima. O céu envidraçado, a Terra distante. Claustrofobia. Começou a suar frio, a ter palpitações cardíacas. Pernas e braços tremiam descontroladamente. Descargas elétricas sacudiam sua cabeça, mas não chegavam ao resto do corpo. O cérebro se isolara no crânio.

Em seguida, uma explosão. Gritos. Convidados correndo, apavorados.

E então desmaiou.

14

NÃO HAVIA DESCONFORTO NO SATEL. Apesar da quantidade de álcool e aditivos químicos consumidos na festa, e o desmaio final, Tânia acordou bem disposta.

"Aqui, nada pode fazer mal a você!", lembrou-se da propaganda. Ergueu-se um pouco na cama e apoiou as costas na cabeceira almofadada. Estava aflita para saber o que havia acontecido.

Chamou Sinatra.

Ouviu as batidas na porta.

– Pode entrar – ela disse, e foi perguntando: – Como acabou a festa? Que explosão foi aquela?

Mas em seguida puxou o lençol até o queixo e encolheu-se na cama. Não era Sinatra.

– Quem é você?

– Calma. Está tudo bem...

O homem estranho entrou e fechou a porta. Era muito alto e magro. Vestia um macacão de plástico cinza e seu rosto tinha uma expressão cansada.

– ... "não há possibilidade de acontecer nada de ruim com um clieeeente"... – ele cantarolou um dos *jingles* mais conhecidos do plano de saúde – ... "enquanto ele estiver aqui com a geeeeeente"...

– O que é...?

– A verdade está na repetição – ele disse, e sentou-se na poltrona amarela.

– Já sei. Devo estar precisando de tratamento de novo, depois de ontem... Você é um outro Anestesista.

– Não, senhora. Não sou não.

– Saia daqui! Vou chamar o Sinatra! Vou...

– ... "o normaaaal... é nunca acontecer... nada de maaaal"...

– Pare com essas músicas idiotas! Sinaaaaatra!

– Ele não está.

– Roooooosa!

– Os dois saíram juntos. Foram à praia. A senhora prometeu folga a eles depois da festa, lembra?

– Quem é você? Fale logo!

– Sou um Técnico em Reparos. Seu forno explodiu ontem à noite.

– Então o barulho foi isso? Por quê?

– Sua empregada, ou algum bêbado, fez uma encomenda tão grande de salgadinhos que explodiu o forno.

– Alguém se machucou?

– ... "está maluuuuca?... Num Satel ninguém se machuuuuca..." Na verdade foi uma explosão de torradinhas... que espalhou uma quantidade inacreditável de migalhas!

– Migalhas!

– Isso. Então as brigadas antimigalhas foram acionadas e chegaram aqui em três minutos, com seus aspiradores e detetores de partículas. Evacuaram as pessoas e a festa acabou, naturalmente.

– Um final estranho.

– Eu diria "especial". São os comentários hoje. Dizem que foi a melhor festa dos últimos tempos.

Tânia lembrou dos comentários de Danilo, da frase final de Cláudio, de sua crise de angústia antes do desmaio... Sentiu-se mal de novo.

– O que veio fazer aqui? – perguntou.

– Consertar o forno. Ele me chamou.

– Sinatra?

– Não. O forno.

– O que está fazendo aqui?

– Vim para consertar o...

– Eu perguntei AQUI! No meu quarto!

– Desculpe... Acontece que os clientes do Satel também precisam de "manutenção"...

– Eu sou uma peça gasta.

– Não se ofenda, senhora. Estou aqui para ajudá-la.

– Por quê?

– A senhora corre perigo.

Tânia ficou surpresa. Nunca ouvira uma afirmação daquelas. Nem sabia o que sentir a respeito. Vibrou de emoção.

– Está brincando? Não sabe que nada de mal pode me....

O homem abriu um zíper lateral no macacão e tirou de lá um boné vermelho, com letras verdes bem brilhantes no alto.

– Se a senhora colocar este boné na cabeça eu explico.

Teve medo do homem, e isso a deixou ainda mais animada. Medo físico. Medo de verdade, e não os simulacros de terror nas salas de jogos virtuais. Colocou o boné na cabeça.

– Dona Tânia – disse o técnico – seu cérebro tem mandado avisos de desvio de norma. Os clientes dos Satel têm a mesma "função" de automanutenção das máquinas. Os órgãos mandam mensagens à Administração. Em vez de um Técnico em Reparo, aparece um Anestesista.

– Eu sabia. Com tantos órgãos artificiais, sou quase uma máquina. E por que é que estou usando este boné idiota?

– Nunca se perguntou como é que seu corpo manda mensagens para o Anestesista?

– Essa carcaça velha sempre me traiu.

– O Síndico controla todos os seus clientes através de um marca-passo cerebral.

– Grande novidade. Nós damos autorização para isso no contrato de adesão ao...

– O Condomínio utiliza esses marca-passos para outros fins. Eles manipulam as mentes.

– Eu sei. Somos avisados. Faz parte do jogo. Como é que eles iam nos fazer acreditar que estamos em Copacabana, na década de sessenta do século passado? Que vivemos numa cidade maravilhosa? Não há nada de mal nisso.

– Então por que a senhora tentou o suicídio?

Tânia calou-se. Quis dizer que aquilo não era da conta dele, um simples técnico, mas não conseguiu falar.

– A senhora teve uma espécie de rejeição ao marca-passo. Isso acontece com as máquinas também, às vezes, quando coloco uma peça nova...

– Rejeição?

– O marca-passo é do tamanho de uma azeitona. Tem microcabos ligados ao nervo vago, enviando e captando informações por impulsos elétricos de todas as partes do corpo. Funciona como um segundo cérebro dentro da sua cabeça.

– Então é assim que...

– Através dele, por pulsos magnéticos à distância, o Condomínio interfere na sua atividade cerebral, cria sonhos, alivia depressões, fornece memórias de cenas de infância que nunca existiram, pais carinhosos e compreensivos, desliga áreas problemáticas, a fazem acreditar que está em outro tempo... Além, é claro, de manter vigilância constante sobre seu corpo e, mais importante, sobre o que anda pensando seu outro cérebro, o original.

– Isso explica muita coisa.

– Sabe por que a senhora tentou o suicídio?

Ela ficou calada, sentindo o horror de ter sido invadida, manipulada...

– Tive acesso ao seu diagnóstico – o homem continuou. – Eu conserto máquinas, e elas me dizem tudo... Sei entrar nos arquivos de bioplasma da Administração... Quer saber o que dizem a seu respeito nos relatórios?

Ela balançou a cabeça para cima e para baixo, com os olhos muito abertos.

– Dona Tânia, a senhora teve uma raiva tão grande do seu próprio corpo, ficou tão abalada com a velhice e a decadência física, que sofreu uma crise esquizoide. O hipotálamo bloqueou o córtex. Seu cérebro rejeitou todos os outros órgãos. Isso provocou uma disfunção em seu marca-passo. A Administração não pôde mais controlá-la. A senhora viu então sua real situação, sua velhice, o mundo irreal em que vive, as futilidades da classe flutuante...

Tânia foi desabando na cama, com o peso das verdades, até terminar encolhida, coberta pelo lençol, como costumava fazer quando seu pai ameaçava lhe bater. Ou aquela cena de infância também era falsa?

Sentiu uma umidade estranha nos olhos. Sua visão turvou-se. Passou a mão no rosto. Gotas de água escorriam pelas suas bochechas.

– O que é isso? – perguntou, apavorada.

– São lágrimas. A senhora está chorando.

Com o corpo todo enrodilhado sob o lençol, chupando o polegar da mão direita, ela chorou e soluçou.

O homem por fim sentou-se na beira da cama e colocou a mão em seu ombro.

– É o boné... – ele disse.

– Boné?

– Eu não só conserto todos os tipos de aparelho... Também invento alguns. Este boné possui magnetos e eletrodos que anulam a ação dos marca-passos cerebrais. Eles fazem com que a Administração receba informações de que está tudo bem, dentro da normalidade. Usando esse boné a senhora sai do controle do Condomínio, e pode ter seus próprios pensamentos.

– Mas eu nem sei mais quem eu sou!

– Calma. Desligando o marca-passo, a senhora irá recuperando a consciência de sua individualidade. Sua memória verdadeira voltará. Mas cuidado, é justamente isso que preocupa a Administração. Há psicopatrulhas em toda a parte. Não use o boné em público, apenas aqui dentro do apartamento. E não deixe ninguém saber que está tendo pensamentos próprios. Isso é um perigo.

– Perigo? Você diz que eu corro perigo? É tão estranho.

O homem levantou-se e ficou calado, andando pelo quarto, até decidir-se a revelar:

– A senhora está abalada. Talvez eu devesse deixar o que tenho a dizer para outra ocasião... Mas pode não dar tempo.

– Fale logo! Controlar a ansiedade está além das minhas forças...

– Pois bem... A senhora vai ser morta.

– O quê?

– Está no relatório. Receberá o Tratamento Final.

– Morte? – Tânia apertou o boné contra a cabeça e reergueu-se – Nunca se viu uma morte aqui no Satel!

– Então acredita que os clientes do seu plano de saúde se tornam imortais?

– Não é isso, mas...

– A morte é uma das memórias desagradáveis que o Condomínio apaga dos cérebros, através do marca-passo. Vamos, pense... Quantos amigos deixou de encontrar por aqui, nestes anos todos?

Ela sentiu claramente a existência de dois cérebros dentro de sua cabeça. Não era aquele diálogo interno permanente que as pessoas travavam consigo mesmas, mas uma barreira física, com choques e tudo, impedindo a progressão de seus pensamentos na direção que ela queria.

– Tente lembrar! – insistia o homem. – Exercite seus pensamentos livres! Recupere sua memória!

Tânia puxou a aba do boné para baixo e fechou os olhos com força. Imagens de várias pessoas conhecidas, que não via há anos, desfilaram em suas recordações.

– Mortos... mortos? – ela gemeu. – Como?

– Eles sabem com antecedência quando uma pessoa vai morrer. Quando um órgão vital, insubstituível, vai falhar. Eles sabem de tudo que acontece com os corpos de vocês. Não querem que tenham contato com a morte. Perder um cliente é péssima propaganda para o plano de saúde.

– Não há nada sobre isso no contrato!

– Quando têm tempo, dizem à pessoa que ela ganhou um prêmio de viagem a outros Satels, ou que foi passar um tempo na Terra, revendo parentes... O fato é que pouco depois a pessoa desaparece.

– Morte?

– Natural, ou "induzida"... De qualquer forma, confortável. Com todas as comodidades modernas. Indolor, claro.

Tânia voltou a chorar. Lembrou-se de uma vizinha, desaparecida há mais de dez anos. Sua melhor amiga.

– Depois que um cliente morre eles apagam a imagem dele dos cérebros dos outros clientes – disse o técnico. – E é como se nunca houvesse existido.

Ela tapou os ouvidos. Talvez aquele homem fosse maluco. Por que confiar nele? O que ele sabia? Na certa morava nas camadas inferiores, abaixo da superfície, onde a gravidade era muito baixa. Por isso aquele corpo alongado. Então lembrou-se com clareza de uma frase do Anestesista... "Vocês têm toda a liberdade aqui na Cidade Maravilhosa, broto. Menos de se matar. Isso quem decide é o Síndico."

– Mas o Condomínio pode estar certo – ela procurava lutar contra a ideia. – A morte é ruim...

– Eu não gostaria que me impedissem de chorar meus mortos, senhora. Também não gostaria que usassem meu corpo como combustível.

– O quê? Ele fazem isso?

– A senhora sabe que os Satels são movidos a hidrogênio. Ele nos é lançado pelas bases de abastecimento, da Ionosfera, através dos feixes de radiação. Mas como o consumo aqui é muito grande, nada é desperdiçado. Todas as moléculas de hidrogênio são armazenadas em células de combustíveis. Até mesmo o hidrogênio produzido pelo lixo.

– Está dizendo que os corpos são jogados no lixo?

– A senhora não acreditaria no que se passa abaixo da superfície.

– Isso é revoltante.

– Eles aproveitam até o hidrogênio que sai dos peidos.

Tânia apertou o lençol, com raiva. Não estava mais com medo, nem angustiada. Estava furiosa.

– Este é um mundo fechado, dona Tânia. Tudo é reciclado. A sua escova de dentes é movida pelo peido do vizinho. A urina é destilada e vira água potável...

– Estive bebendo o mijo dos outros todo esse tempo?

– Sabendo disso, fica difícil viver aqui, não é não? Por isso eles escondem certos fatos.

Tânia levantou-se de repente e o segurou pelo pulso:

– Você falou que eu vou ser morta...

– Vai. O relatório diz que o seu caso não tem solução. A senhora não se conforma com seu corpo, e isso é sempre um motivo permanente de disfunção do marca-passo. Seu cérebro terá sempre tendência a matar o corpo, e será uma eterna fonte de preocupação para o Condomínio. Por isso resolveram eliminá-la, antes que a senhora acabe abalando a estabilidade geral.

Aquilo fazia sentido.

– Naturalmente – o homem acrescentou – como não tem herdeiros, nem aqui nem na Terra, seus bens passarão para o Síndico.

Tânia o largou e ficou olhando para a parede, calada.

– Senhora, eu tenho de ir.

– O que você quer? – ela perguntou.

– Como assim?

– Entrou no meu quarto, me falou todas essas coisas... O que quer?

– Trabalho para o Condomínio, mas não concordo com muitas coisas que acontecem aqui. Sou a favor do pensamento livre. Achei que era meu dever alertá-la.

Tânia o olhou nos olhos. Imaginou haver outros como ele, nos andares de baixo do Satel. Um grupo de idealistas. Homens belos e fortes, preparando uma revolta contra o Síndico. Ela iria ajudá-los.

– Você tem outra atividade... clandestina? – perguntou, romântica.

– Bem, está na hora de confessar que sim.

– Pode me dizer. Eu vou colaborar com o que puder.

– Ótimo. Sou vendedor de bonés.

Pagou uma fortuna pelo boné, mas ele talvez fosse sua única salvação. Se deixasse o Síndico manipular seu cérebro seria morta e jogada no lixo.

Depois que o Técnico em Reparos foi embora ela ficou andando pelo quarto, aflita, pensando no que fazer para salvar a vida. Décadas de segurança e conforto, porém, a haviam transformado num animal doméstico, indefeso.

Precisava recuperar seus instintos de defesa.

Quanto tempo tinha para isso? A ordem para a execução poderia partir a qualquer momento. Uma descarga elétrica mais forte, saindo do marca-passo, causaria uma obstrução da transmissão nervosa, provocando a morte instantânea, dissera o técnico.

Gritou por Sinatra. Ele podia se comunicar com o Síndico. Ela abriria o jogo. Ia cair fora. Mudar para outro Satel. Pagaria pela rescisão do contrato. Qualquer preço. Não queria mais morrer. Não daquele jeito. Era bom lutar pela vida. Lembrou que Sinatra estava na praia. Saiu do quarto correndo e foi até a amurada da cobertura.

Procurou os dois com o binóculo. Foi fácil de achar. Rosa estava tomando sol, de biquíni, estendida na areia. Sinatra, de calção, embaixo de uma barraca, montava guarda. Em volta, um círculo de centenas de velhos babões admirava o corpo da empregada.

Roeu-se de inveja. A beleza dela era uma afronta.

Olhou para suas mãos. A pele murcha e sem vida. Quem devolveria a ela o tempo perdido? O que adiantaria escapar dali com vida? Que "vida" levaria? Precisava fugir, mas sem levar aquele corpo velho. Não era justo. Queria uma outra chance.

Aproximou ainda mais o corpo de Rosa, através do binóculo.

Decidiu:

— Que se dane! Cada um por si! Que se dane!

Foi ao bar, preparou uma dose de uísque, bebeu sorrindo e despejou o resto da garrafa sobre a vitrola.

Os circuitos eletrônicos chiaram ao entrar em curto.

15

TÂNIA FAZIA PLANOS, OLHANDO PARA O TETO, QUANDO OS DOIS ENTRARAM. Sinatra vinha na frente, com ar preocupado. Atrás, com a mesma expressão entediada no rosto, o corpo magro e alto do Técnico de Reparos.

— O que aconteceu, senhora? Qual o problema?

— Calma, Sinatra. Não foi nada. Por que não ficou na praia?

— Captei este técnico vindo para cá.

— A vitrola me chamou — disse o outro.

— Derramei uísque nela — confessou Tânia.

— Com licença, vou consertá-la.

— Fique aí. Derramei o uísque de propósito. Preciso falar com você.

O homem olhou para Sinatra, depois para Tânia:

— Sou apenas... Não sei o que a senhora pode querer conversar comigo...

— Não se preocupe — sorriu Tânia, apontando Sinatra com o queixo. — Ele tem controles de fidelidade e segredo. Não poderá revelar a ninguém o que vamos conversar.

O homem resignou-se.

– Vou lhe pedir um favor – ela continuou. – Pagarei qualquer preço...

– Pode falar.

– Quero o corpo da minha empregada.

–Eu também, senhora.

–Falando sério. Quero colocar meu cérebro no corpo dela.

O técnico coçou a cabeça:

– Como é? Ah... Posso compreender... O que a fez pensar que eu seria capaz...? Só trabalho com máquinas.

– Eu sei. Eu sei. Mas metade da Administração é de médicos. Você deve conhecer algum capaz de realizar esse tipo de transplante.

– É totalmente fora de...

– Pago qualquer preço, lembra?

O homem sentou na poltrona amarela, ficou balançando a cabeça e pensando alto:

– Sim, é possível... E ele é bem inescrupuloso para aceitar...

– Quem? Quem?

– Um amigo. Médico da Administração. Sua especialidade é a instalação de marca-passos. Sabe tudo sobre cérebro. E tem atividades paralelas, como eu. Faz justamente transplantes. Tem um laboratório na Terra.

– Que tipo de "atividades paralelas"?

– Mercado negro de órgãos. Traz da Terra para vender aqui, e em outros Satels. O Síndico permite. Mas não é um serviço oficializado.

– Já não fazem réplicas dos nossos próprios órgãos biológicos em laboratórios? Ou então nos enfiam as de plástico, indestrutíveis? Para que íamos querer comprar pedaços dos outros?

– Certos clientes querem ter partes melhoradas, maiores, mais bem feitas, mas biológicas.

– Compreendo. Quero um corpo inteiro novo. E bem melhorado. É isso aí. Onde encontro esse seu amigo?

– Posso acessá-lo através da parede de bioplasma.

– Faça isso. Agora.

O técnico abriu o zíper no macacão, na altura do peito, tirou uma pequena placa de bioplasma, digitou um número e transferiu a recepção para a parede em frente.

O rosto suado de um homem muito gordo, com uma barba cheia e desgrenhada, tomou toda a parede do quarto:

– O que é? Quem é? Que diabo! – ele gritou.

– Oscar. Sou eu – disse o técnico.

– O que quer? Estou esquiando!

– Pare um pouco. É um assunto do seu interesse. E desencoste da tela. Estou vendo até os fiapos de comida entre os seus dentes.

O homem gordo afastou-se. Estava em um quarto pequeno, onde havia apenas uma poltrona e um capacete de realidade virtual. Enxugou o rosto com a manga do roupão amarelo que cobria seu corpo peludo e sentou na poltrona:

– Pronto. Pode falar.

– Oscar – disse o técnico. – Tenho aqui uma cliente com uma proposta para você. Indiquei seu nome a ela. Fique tranquilo. Usei um código de acesso com bloqueador. Esta comunicação é privada. Está em segurança. Vou deixar vocês dois resolverem o assunto. O nome dela é Tânia... Senhora Tânia, esse é o doutor Oscar.

– Como vai, doutor? – ela perguntou.

– Eu já a conheço – disse Oscar.

– De onde?

– Fui eu quem instalou seu marca-passo.

– Não me lembro.

– Para abrir o cérebro de uma pessoa é melhor que ela esteja bem anestesiada.

– Isso é perfeito para o que eu vou lhe pedir.

– De que se trata, senhora?

– Quero colocar meu cérebro no corpo de outra mulher.

O doutor alisou a barba com as duas mãos.

– Sou muito rica – Tânia adiantou.

– Não é só uma questão de dinheiro.

– Não me faça perder tempo! Tudo é uma questão de dinheiro aqui! É possível? Você é capaz de fazer?

Oscar cruzou os braços:

– Se existe alguém capaz de realizar um transplante de cérebro sou eu, minha senhora. Mas preciso conhecer as suas motivações. É um procedimento de...

– Vou ser morta pela Administração. Converse depois aqui com o seu amigo Técnico em Reparos. Ele sabe de toda a história. Por isso estou usando este boné ridículo. Não tenho muito tempo de vida.

– Compreendo. Mas a operação que me pede é tão... radical... que, mesmo eu não sendo um exemplo de honestidade, preciso alertá-la sobre os riscos.

– Não seja irritante. Afinal, pode ser feito ou não?

– Diabos! Pode! E já realizei experiências desse tipo, com corpos lá da Terra! Quer saber? Nenhuma deu certo!

– Não tenho nada a perder! Vão me matar! Pelo menos salvo metade de mim! A metade que me importa!

– O corpo rejeita o cérebro novo. Aliás, de quem é o corpo?

– Da minha empregada.

– Ah, entendi... Veja bem, seu cérebro será irrigado pelo sangue dela, com todos os seus produtos químicos, todos os fluidos digestivos, circulatórios e hormonais... O corpo de sua empregada carrega uma consciência sensível, um sistema nervoso com memórias de experiências vividas que não são as suas.

– Tudo bem. Tudo bem.

– Os neurônios da senhora podem perder a unidade da personalidade, se transformar em células desorientadas, desnorteadas, com imagens e comportamentos separados... Podem nunca conseguir se adaptar ao novo corpo, numa esquizofrenia absoluta...

– Já estou esquizofrênica, doutor. Meu cérebro já rejeita este corpo! Os dois já não se entendem há muito tempo. Quero uma segunda chance!

– Seu cérebro vai estranhar. Será como entrar num apartamento desconhecido, no escuro.

– Um apartamento de luxo. Já viu o corpo dela? Ora, Oscar. Você, gordo e peludo desse jeito, deve saber o que é carregar um corpo indesejável.

– Afirmo-lhe que...

– Não encha o saco. O que é este Satel? Um monte de gente mudando roupas, penteados, terapias... quando no fundo queriam é mudar de corpo. Pois eu vou fazer isso! Tenho dinheiro!

– Tudo bem. Meu papel como médico é apenas alertá-la.

– Agradeço, mas não tenho escolha. Meu corpo está me botando pra fora.

– A senhora *é* o seu corpo. Também.

– Não me venha com filosofia. Não tenho tempo. O cérebro assumiu o controle. Pronto. E vai cair fora.

– Seu corpo é uma parte importante da senhora...

– Uma parte descartável. O mundo acontece no meu cérebro. Você sabe disso. É um instalador de marca-passo. Toda esta realidade artificial aqui do Satel é construída dentro do cérebro dos clientes.

– De fato.

– Se tudo por aqui é ilusão comprada por dinheiro, por que não posso trocar de corpo? Pagamento à vista.

– Mas não gostaria de um processo mais seguro? Poderíamos cloná-la, depois transferir suas memórias e...

– Tá maluco? Voltar a ter o mesmo corpo?

– Mais jovem. Não é esse o problema?

– Não! Não é! Não está entendendo? Não quero mais este corpo. Sei como vai acabar. Quero outra boca, outros peitos, outras coxas. Quero deitar um outro corpo na areia da praia. Quero um corpo novo para enfeitar, cobrir de joias, passar batom em outra boca, cruzar pernas diferentes! Quero uma outra oportunidade. O senhor já viu minha empregada na praia?

– Já.

– Aquela barriga, a curva dos quadris, as pernas! Ela não merece! É pobre. Usar um corpo daqueles para trabalhar como doméstica é um desperdício! Vou dar a ele todo o conforto, as melhores comidas, banhos de espuma, massagens... Ele vai adorar! Formaremos uma boa dupla. Meu cérebro, culto, moderno, educado, bem informado... E minha renda... Vamos lá, doutor. Diga como! E qual é o seu preço!

– Só mais uma coisa. É uma pergunta idiota, mas tem de ser feita. Ela concorda em ceder-lhe o corpo?

– É uma pergunta idiota mesmo.

– Não parece, mas tenho alguma consciência.

– Veja quanto ela custa, e inclua no preço.

– Tudo bem. Passemos à parte prática. Quer que preserve o cérebro dela? Coloque nesse seu corpo aí, ou algo assim?

– Não seja tonto. Jogue tudo fora.

– Bom. Vejamos... A operação terá de ser feita no meu laboratório na Terra.

– Por quê?

– Lá embaixo tenho todo o equipamento necessário. Foi onde realizei as outras experiências, com cobaias humanas. Aqui certamente me arriscaria a perder o emprego, por colocar um cliente em risco, mas na Terra as leis são tão flexíveis que é como se não existissem. Sem falar que é muito mais seguro operar com a gravidade normal.

– Mas como eu vou para lá? Com tantos vírus e bactérias, estarei morta em poucas horas!

– Isso é certo. Terei de tirar seu cérebro aqui e levá-lo, hermeticamente fechado, numa caixa de congelamento.

– Faça como achar melhor.

Oscar voltou a alisar a barba com as duas mãos, pensativo.

– O que foi? – Tânia perguntou.

– Vamos combinar uma coisa. Para que eu não me sinta tão culpado.

– Fale.

– Na verdade, sei porque minhas experiências com transplantes cerebrais não deram certo.

– Sabe?

– Uma infinidade de características podem tornar um órgão incompatível com determinado corpo, e ser rejeitado. O tipo de sangue, a espessura dos vasos... Eu sabia dessas incompatibilidades, mas prosseguia no transplante. Os pacientes morriam em poucos dias.

– E daí?

– Só vou saber se o corpo de sua empregada é compatível com seu cérebro depois de abri-lo. Vamos combinar o seguinte. Em caso de incompatibilidade, não faço o transplante. Volto a costurar o crânio da moça e ela fica como está.

– Tá. Tá bom. Mas então receberá só metade do pagamento.

– É justo. E quanto ao seu cérebro?

– O que que tem?

– Se não puder transplantá-lo para o corpo da empregada, o que faço com ele? Quer que o preserve vivo? Posso colocá-lo numa campânula de vidro, alimentado por tubos... Nesse estado a senhora ficaria quase imortal.

– Para ficar pensando o resto da vida? Não, obrigado.

– Mas não terei tempo de encontrar um outro corpo compatível e...

– Doutor, faça-me um favor. Se alguma coisa der errado, simplesmente jogue meu cérebro no lixo, está bem?

16

SINATRA OLHAVA O SOL PASSAR POR TRÁS DA TERRA, com os cotovelos apoiados na amurada da cobertura, quando Rosa chegou da praia.

– Oi – ela disse. – Por que não voltou?

– Fiquei vendo você daqui.

– Combinamos passar nosso dia de folga juntos. O que foi? Está triste?

– Não, Rosa. É que a maresia não me faz muito bem.

– Pois eu não vou me cansar nunca da praia. Essa água azul... é um sonho. Eu me sinto tão...

Ela vestia apenas um pano fino e estampado sobre o maiô. Simplesmente o abraçou por trás, encostou a cabeça em sua nuca e sussurrou:

– Me convide para jantar... E depois dançar.

Ele se virou dentro do abraço dela e a beijou. Um longo beijo apaixonado.

– Sinatra... Eu amo você...

– Eu também te... – mas o controle de fidelidade à Tânia não o deixou completar.

Quis então revelar à empregada o que ouvira. Que Tânia arrancaria seu cérebro! Que roubaria seu corpo!

Pegou Rosa pelos ombros e... não conseguiu falar!

O comando de segredo era mais forte. Inviolável.

– O que foi, amor? – ela perguntou, vendo sua expressão de desespero.

Ele precisava falar. Ela teria chance de escapar. Poderia denunciar a patroa à Administração.

– Está se sentindo mal, querido? – Rosa insistiu.

– Tenho uma coisa para te dizer – ele tentou. – É sobre dona Tânia... Ela...

– Pode dizer.

– ... quer que você tire uns dias de folga. Deu autorização para ir à Terra. Disse que você merece, depois do trabalho que teve na festa.

Rosa deu pulinhos de alegria e pendurou-se em seu pescoço.

– Isso é demais! Vou ver minha mãe! Meus irmãos! Vou contar como estou! Levar dinheiro pra eles! Preciso comprar presentes! Tem alguma coisa que a gente possa comprar aqui que não suma?

Sinatra virou-se, tornou a apoiar os cotovelos na amurada e enterrou o rosto nas mãos.

– Ei? O que foi? – ela se espantou. – Ah... já entendi. Por isso você está triste. É porque eu vou passar uns dias fora, não é?

Tornou a abraçá-lo por trás e a sussurrar que o amava.

– Não fique assim, Sinatra. Sabe o que eu vou fazer? Peço a ela para dar folga a você também. É isso! Vamos contar que nos amamos! Voamos para a Terra juntos. Conheço uns lugares ótimos lá embaixo. Dona Tânia vai deixar. Você vai ver. Ela é tão boazinha.

Sinatra desesperou-se:

– Não! Não! É um absurdo! Eu não posso amar você! Eu não posso ir à Terra!

– O que é isso? Do que está falando? Por quê?

– Eu sou um híbrido!

– Você é o quê?

– Um HÍBRIDO!

– Eu não tenho preconceito, amor. Não me importa de que raça seja, nem sua religião, nem de que planeta, nada, o que vale é o...

– Eu não sou humano.

– Não diga isso. É o homem mais humano, sensível, delicado, inteligente, que eu...

– Rosa, preste atenção. Eu sou um robô. Entende?

Só então ela percebeu do que ele estava falando. Arregalou os olhos e o ouviu desabafar.

– Um híbrido! Um robô biológico! Tecidos orgânicos e *chips*! Biomateriais e polímeros! Está compreendendo?! – ele gritava, beliscando a pele do braço. – Circuitos elétricos no lugar de células nervosas! Inteligência artificial! Neurônios biossintéticos! Sensibilidade programada! Está entendendo?!

Ela afastou-se para o lado e desabou numa cadeira:

– Mas... Essa pele macia... Esses olhos azuis, tão expressivos. Essa voz... – ela gaguejou. – E o amor?

– Que amor?

– Eu sinto que você me ama, Sinatra! Desde o primeiro minuto que ficamos juntos você...

– Um descuido. Estava com o comando sexual ligado.

– Comando sexual?

– É. Sou uma máquina de sexo, sabia?

– Não!

– Pois é, broto. Dona Tânia mandou me fazer sob medida, com cópias de pedaços de corpos escolhidos entre pessoas famosas da época. Custei muito caro. Ela podia ter comprado um híbrido de segunda mão pelo mostruário, seminovo, revisado e higienizado. Eles apagam nossas memórias sexuais. Ficamos virgens. Mas ela quis o melhor. E com um controle de fidelidade absoluta.

– Não!

– Fui criado para servir e fazer sexo com a patroa! Os clientes do Satel podem fazer sexo entre si, sem problemas, mas só um híbrido fornece prazer seguro e constante, com regulagem de potência, controle de carinho, níveis de intensidade de paixão, opções de sadismo, etc... E música ambiente!

– Não! Pare!

– Somos ótimos para a saúde. Aliviamos as tensões. Regularizamos a pressão sanguínea. "Satisfação imediata do prazer impede revoltas". Fazemos massagens e compramos presentes de aniversário. Temos tudo que os homens normais têm. Sensibilidade, caprichos, intuição, amor, ciúme... Damos proteção, segurança, conselhos, carregamos as compras! Escutamos problemas!

– Você não é assim!

– Sou sim! E programado para ser fiel à patroa!

– Não é verdade! Você me beijou!

– Esqueci o comando de carinho ligado. Só isso. Minha unidade estrutural não foi designada para amar mais ninguém além de Tânia. Fui construído intelectual e anatomicamente para satisfazê-la.

– Não! Você me ama! Eu sinto!

– Imitações de processos biológicos. Não se iluda, brotinho.

Rosa fechou os punhos com força e mordeu os lábios. Depois levantou da cadeira e se afastou correndo.

Sinatra voltou a debruçar-se na amurada. Sentiu um líquido frio escorrer de seus olhos. Espantou-se. Devia ser um vazamento do lubrificante ocular, mas os sensores internos não haviam detectado nenhum defeito no sistema. Colheu amostras do líquido com o dedo indicador da mão direita e provou. A língua operou uma análise físico-química e em segundos forneceu o resultado ao cérebro, que Sinatra captou em forma de pensamento: *uma solução aquosa, levemente alcalina.*

A informação chegou aos arquivos e veio a conclusão: *lágrimas.*

– Estou chorando!?

Ouviu os berros de Tânia, no quarto.

Assim que chegou a encontrou na cama, sob os lençóis.

– Venha cá – ela disse.

Ele não queria. Se fosse um homem normal diria que estava cansado, com dor de cabeça, que os amigos o esperavam para um chope, que o jogo de futebol ia começar na tevê... Mas um híbrido sexual não podia dizer não a sua patroa.

Fizeram sexo. Ela não tirou o boné.

O tempo todo ele sentiu um terrível estranhamento. Era como se estivesse vendo seu corpo de longe. Uma parte dele estava lá fora. Junto com Rosa. Chorando. A melhor parte.

Depois, como sempre, Tânia ligou um cigarro e pediu sua música. Sempre a mesma música depois do sexo. Ela exigia. O segredo deles. Ele teve de cantar.

When somebody loves you
It's no good unless he loves you
All the way

17

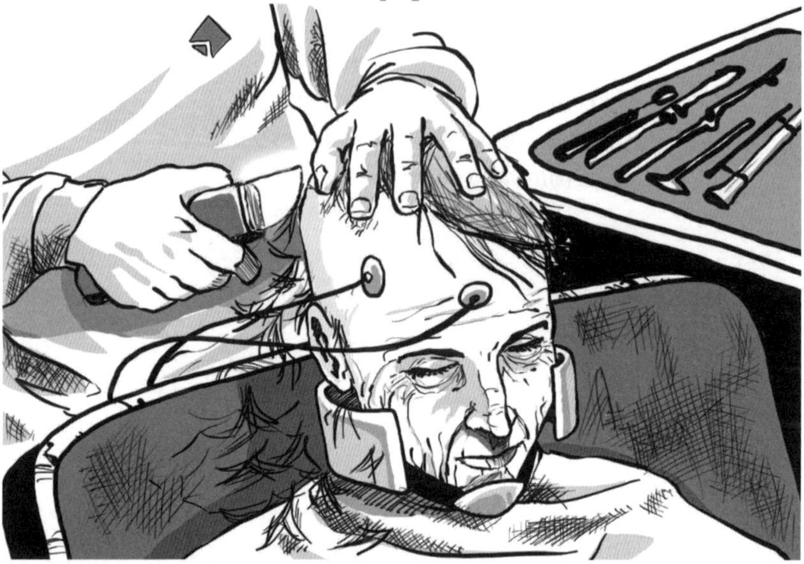

ARRASADA POR DESCOBRIR QUE SEU AMOR ERA UM ROBÔ, Rosa conseguiu lugar num aeroônibus e desceu para a Terra no dia seguinte.

Tânia tratou de apressar sua morte.

Pagou ao Técnico em Reparos para entrar na fonte de dados da Administração e apressar sua eliminação. Com isso, o processo de sua morte foi iniciado, com a etiqueta "urgentíssimo" anexada a todas as fases. Sua presença foi sendo apagada da memória de seus amigos.

Aproveitou os momentos finais dentro de seu corpo para encher-se de doces, massas e toda a espécie de tóxicos. Parou de escovar dentes, tomar banho e pentear o cabelo. Não fez mais ginástica, maquiou-se ou aturou as pessoas. Não quis mais ser como elas. Comeu nas horas que quis, dormiu quando teve vontade, espalhou migalhas por todo lado e tomou champanhe em jejum. Não pensou antes de realizar seus caprichos. Parou com os tratamentos de beleza. Passou horas deitada na cama, cercada de comida e bebida, assistindo as imagens em sua parede de bioplasma e chamando Sinatra. Sua única preocupação foi não tirar o boné, em nenhum momento.

Finalmente, durante uma madrugada de chuva programada, vieram buscá-la.

Três Técnicos em Eliminação de Componentes Biológicos, disfarçados em agentes da Brigada Antimigalha, paralisaram suas funções vitais e a levaram dentro de um saco preto para o segundo andar do subsolo. Previamente subornados, a deixaram na Sala de Cirurgia do doutor Oscar.

Ele a reanimou.

– Está tudo pronto? – ela perguntou, assim que se viu deitada sobre a cama plástica, no ambiente gelado da sala.

– A senhora tem certeza? – o médico estava só, com o bisturi de luz na mão direita, sem coragem de ligá-lo.

– Nunca tive tanta certeza a respeito de uma decisão. Vamos acabar logo com isso.

– Não seria mais prudente se...

– A prudência resseca a alma.

– Nós já sabemos como os neurônios funcionam, mas ainda não foram domados totalmente... Não sei o que pode acontecer quando seu cérebro for alimentado pela química de um outro corpo... Que disfunções poderão ocorrer? Afonia? Afasia? Agnosia? Amnésia? Ataxia? Perda total de identidade?

– Quer fazer o favor de tirar logo o meu cérebro desta carcaça velha?!

– Eu sei que a senhora já foi condenada pela Administração, mas posso conseguir embarcá-la para a Terra, ou para um outro Satel...

– Doutor, o senhor ainda não entendeu? Eu não quero mais ser eu mesma, em nenhuma parte do universo. Já me despedi deste corpo.

– Mas é seu... Não vai se arrepender de perdê-lo?

– A beleza consola tudo.

O médico balançou a cabeça.

– Escute, vivi perdendo pedaços durante a vida – ela continuou. – Quantas unhas, fezes e cabelos deixei para trás? Pois agora lá se vai o corpo. Pronto. Já vai tarde.

– Mas e a sabedoria da velhice?

– De que adianta a sabedoria se vamos perdendo a memória?

– A beleza é passageira.

– Mas enquanto dura dá um prestígio danado.

– Quero lhe prevenir que a partir do momento em que eu apertar esse botão – e ele mostrou uma bola amarela, acoplada à cabeceira da cama – a senhora estará clinicamente morta e seu cérebro sujeito a uma disfunção sináptica e...

– Qual? Este? Ah, é fácil assim?

E a própria Tânia apertou o botão.

Doutor Oscar deu de ombros, pensou nas coisas horríveis que se pode fazer quando se tem dinheiro demais, lembrou que precisava terminar o serviço para receber o resto do pagamento e ligou o bisturi de luz.

Com ele raspou o cabelo de Tânia, depois cortou a pele, num movimento circular desde a nuca, passando por sobre as sobrancelhas,e secionou os músculos frontal, auricular e occipital, até atingir os ossos do crânio.

Retirou a pele e os músculos já flácidos e os jogou numa bacia plástica, junto dos cabelos.

Estancou quimicamente o fluxo sanguíneo para o cérebro de Tânia, e provocou descargas naturais de heparina no seu interior, para que o sangue que o irrigava não coagulasse.

Voltou a usar o bisturi de luz, cortando a tampa do crânio, e o jogou na bacia.

A primeira providência, atendendo ao pedido de Tânia, foi retirar seu marca-passo cerebral. Ela não o queria no novo corpo.

Veio então a parte mais complicada: desprender o cérebro de seus sistemas nervosos simpático e parassimpático.

Enfiou-lhe um cateter por um buraco na parte inferior do osso occipital e, através de uma câmera acoplada a um bisturi microscópico, cortou e soldou quimicamente as terminações nervosas subcranianas espinhal, facial, olfatória, do trigêmeo, e todas as outras.

Depois de desconectar todo o cérebro de Tânia da base do crânio, retirou-o com as duas mãos, como um bebê, e o colocou num cilindro congelante de dois palmos de altura. Fechou a tampa hermeticamente. Apesar do frio da sala, enxugou o suor da testa com a manga do jaleco descartável.

Tornou a enfiar o corpo de Tânia no saco plástico e jogou lá dentro o conteúdo da bacia. Depois chamou os três Técnicos em Eliminação de Componentes Biológicos. Eles desceram com o corpo ao quarto andar do subsolo e o jogaram no lixo.

Doutor Oscar foi para o seu apartamento, com o cilindro congelante dentro de uma bolsa. Na manhã do dia seguinte partiria com ele para a Terra.

O sensor do bar de sua sala detectou angústia e ansiedade e perguntou se ele não queria um uísque. Aceitou. Ficou vendo as mãos mecânicas colocando o gelo no copo, e servindo uma dose generosa. Lembrou que o hidrogênio necessário para ativá-las podia estar vindo do corpo de Tânia. Balançou a cabeça, bebeu e foi esquiar.

18

SINATRA MANTEVE-SE LIGADO TODA A NOITE.

Com as mãos atrás da cabeça, ficou deitado em sua prancha energética, olhando para o teto.

Ouviu quando os homens levaram sua patroa dentro do saco plástico. Em condições normais a teria defendido. Um híbrido não podia permitir que fizessem mal a seu patrão. Porém, como a ordem para eliminar Tânia viera da Administração, a própria Administração devia ter interferido em seus circuitos, pois sentiu-se incapaz de agir. Na verdade, não conseguia nem se levantar.

Queria ter impedido. Não para proteger Tânia, a quem aprendera a odiar depois daqueles últimos dias, mas para que não tirassem o cérebro dela.

Estavam colocando o plano em ação. Rosa corria perigo, e ele ali, impotente, paralisado por uma força superior!

Precisava salvá-la! Tinha de reagir! Levantar! Lutar contra a Administração! Contra seus próprios circuitos! Contra o controle externo! Contra o plano de saúde! Contra todo o universo!

Tinha de se fortalecer. Criar autonomia. Procurou fixar o pensamento no que lhe dava poder. Começou a repetir mentalmente: "Eu amo Rosa... Eu amo Rosa... Eu amo Rosa..."

Ouviu um estalo dentro de sua cabeça. Um segundo pensamento surgiu, como uma segunda voz a lhe falar por dentro, e disse, bem clara e grave:

"*Você não foi programado para amar.*"

"O que é isso? Quem está falando?" – Sinatra assustou-se.

"*Sou o Síndico. Seu pai.*"

"O senhor? Mas como? Está dentro de mim? É como um pensamento..."

"*Você é uma criação minha. Quando alguma coisa não vai bem com o seu desempenho sou acionado automaticamente.*"

"Então me ajude, pai! Estou amando uma mulher... e ela corre perigo!"

"*Seu manual informa que você 'foi criado com uma inteligência bioquímica, a partir de neurônios sintéticos muito próximos aos biológicos, tudo para imitar comportamentos inteligentes, para servir aos humanos da melhor maneira possível'... mas isso não incluiu o amor. Talvez no futuro os novos modelos venham com esse opcional... Ei, espere, que história é essa de correr perigo? No meu Satel ninguém corre perigo.*"

Sinatra então contou toda a história.

"*Filhos da... Eu já desconfiava!*" – reagiu o Síndico – "*Em toda utopia sempre aparecem pequenos pontos de realidade. Esses corruptos, sabotadores! Devem trabalhar para os planos de saúde dos concorrentes! Serão despedidos e processados! Principalmente esse Técnico em Reparos. Imagine se essa moda dos bonés pega? Perco o controle sobre as mentes! E essa tal de Tânia! Diabos, sempre arranjando problema! Aquele Anestesista imbecil! Foi despedido! Maldita hora em que o indiquei para cuidar do caso! E ainda deixei que me convencesse a trazer para cá uma mulher bonita!*"

"Rosa."

"*Dei uma olhada nela quando chegou. Tremendo broto, como se diz aí.*"

"Eu amo Rosa, pai."

"*Deve ser alguma falha no seu sistema. Melhor fazer uma revisão.*"

"Preciso ir atrás dela!"

"*Sabe o que aconteceu com sua patroa, meu filho? Tédio. Os ricos querem escapar do tédio procurando níveis cada vez mais altos de excitação, sem perder a segurança. Eu quis dar isso a eles, mas vejo que não funciona. Tânia não foi um caso isolado.*"

"Não?"

"*Muitos procuram abalar a segurança dos Satels, que eles mesmos pagam para ter, só pelo prazer de correr riscos. Já lidei até com contrabandistas de mosquitos!*"

"Mosquitos?"

"*Pequenos seres voadores que chupam o sangue dos humanos, lá na Terra... Espalharam seis por aí. Acho que queriam ter alguma coisa para matar. Já tentaram trazer baratas e cobras. Um senhor me pediu para criar ratos híbridos, pois tinha saudades de caçá-los com ratoeiras. Parece que os humanos não podem escapar de seus velhos determinismos animais. E eu que pensei que o luxo e os prazeres infinitos os fariam fugir do tédio da riqueza...*"

"Pai, eu queria falar sobre meu amor por Rosa..."

"*Não posso continuar enfrentando instintos com bom senso. Instintos não são sensatos. Terei de criar alguns perigos reais. Quer dizer, reais para os clientes, mas devidamente controláveis por mim. Sabe do que o Satel Nova Copacabana precisa? Um inimigo! Uma ameaça permanente. Alguma força obscura, que os obrigue a fazer certas coisas às escondidas! É isso. Já sei! Vou tornar o jogo virtual do Golpe Militar de 1964 um fato real! Com tortura, prisão, censura, exílio... tudo real! Em terceira dimensão! Com sensação de perda e dor! Homens fardados, ignorantes e truculentos!*"

"Pai, Rosa corre perigo! O doutor Oscar está indo com o cérebro de Tânia para..."

"*Entendeu? Sem sofrimento, ou pelo menos desagrado, os humanos não atingem certas formas de prazer. É por isso que o prazer continuado gera o tédio, os sinais de domesticação, a barriga saliente, as adiposidades, o encurtamento dos membros. Os ricos vivem em cativeiro. Com acasalamento, segurança e alimentação garantidos. Perdem o instinto de vigilância, a curiosidade, a motivação. Vou criar desconforto na vida deles. Eles vão ver. Minha camada social protetora ficou eficiente demais e eles se acham no direito de se rebelar. Vou mostrar a eles!*"

"Pai, vão tirar o cérebro da mulher que eu amo!"

"*E eu que pensava que para esconder o tédio bastavam campeonatos de futebol, festas, sexo livre, satisfação imediata dos desejos... Eu estava dando apenas contentamento. Eles querem felicidade, e felicidade só se tem em contraste com a dor, o desconforto...*"

"Pai! Presta atenção em mim!"

"*O que foi, meu filho?*"

"A minha felicidade eu sei onde está! Lá na Terra! E nesse momento podem estar abrindo seu crânio para enfiar outro cérebro dentro!"

"*O que você quer que eu faça? Estou aqui na Lua, na Matriz Operacional do Mar da Tranquilidade... Não tenho nada a ver com a Terra.*"

"Desligue meus controles. Quero descer para a Terra e salvar Rosa!"

"*Descer? Impossível.*"

"Por quê, pai!?"

"*Você é um híbrido, garoto. Em seus arquivos de memória existem informações importantes que não podem cair nas mãos da concorrência.*"

"Mas eu vou! De qualquer maneira! O senhor não manda em mim!"

"*É claro que mando. Localizo-o por rastreadores internos onde quer que você esteja e o paraliso na hora.*"

"Tem de respeitar meus sentimentos!"

"*Não preciso respeitar. Posso trocá-los por outro numa reprogramação. Aliás, agora que sua patroa se foi, é isso que vou fazer com você. Uma boa revisão, depois apaga-se a memória corporal e você estará como novo.*"

"Não pode fazer isso comigo!"

"*Posso sim.*"

"Sou uma organização de átomos como todo mundo."

"*Eu sempre soube que a rebeldia é contagiosa, mas não esperava que atingisse também os híbridos.*"

"Vou lutar até o fim por Rosa! O que o senhor pode fazer para me impedir? Não pode me matar! Sou um robô!"

"Híbridos não morrem, mas podem deixar de existir..."

"Pai, por favor..."

"Filho, você deve ter se identificado com a empregada doméstica, por ela também ser usada e explorada pela patroa. É só solidariedade de classe. Está confundindo isso com amor. Você não tem este espectro emocional. Mudaremos seus parâmetros operacionais e... Sinatra... Meu filho? Está aí? Onde você está? Sinatra! Não faça isso com seu pai! Sinatra! Alô! Sinatra! Responda! Volte aqui! Atenção unidades de busca! Usar rastreadores! Híbrido fora de contato! Acionar captura! Urgente!"

Enquanto ouvia o Síndico falar em instintos animais, Sinatra tinha tido uma ideia.

Conectou-se à célula de combustível aos pés de sua prancha energética e recebeu uma carga hidrogenada máxima que quase lhe queimou os circuitos. Em seguida, elevou todos os seus comandos sexuais ao nível máximo de potência e bloqueou os nervos biossintéticos entre o cérebro e o resto do corpo.

Isso apagou seu cérebro, e liberou seu corpo para ser realmente uma máquina. Pulou da prancha. Estava fora de controle. A Administração o manipulava através dos circuitos cerebrais. Como máquina apenas, era uma entre as milhões que existiam no Satel.

Sem pensamento, era como agir por instinto.

Guiando-se pelo desejo de encontrar Rosa, chegou à Estação de Embarque, no setor de cargas. O processo era automatizado. Bastou parar entre as caixas. Foi reconhecido como máquina. Mais uma das dezenas de máquinas consideradas sucatas, enviadas para a Terra diariamente, e lá vendidas em segunda mão por um bom preço.

Embarcou.

19

VIAJOU ENTORPECIDO PELA FALTA DE PENSAMENTO e pelo excesso de gravidade com que mantinham as sucatas nos seus lugares.

O tranco da aterrissagem o despertou de seu sono de máquina e automaticamente religou os nervos biossintéticos, conectando o cérebro novamente ao corpo. Voltou a pensar. Imediatamente uma luz vermelha começou a piscar no alto da nave. Em seguida a porta se abriu e dois guardas da Administração entraram, com pistolas de luz.

— Deve ser um curto em alguma dessas malditas máquinas... — um deles resmungou.

— Não. Os sensores detectaram ondas alfas, provenientes de atividades cerebrais. Há alguém pensando aqui dentro — disse o outro.

Sinatra estava acuado, entre um "fogão" e os restos de um "fusca". Quando os guardas passaram, ele os derrubou com um paralama.

Trocou de roupa com um deles e saiu da nave.

Caminhou apressado entre os funcionários, de cabeça baixa, passou pelos setores da Alfândega, acompanhando o brilho intermitente das setas que indicavam a saída, e chegou afinal a um lugar sujo, enfumaçado e que fedia muito. Era a Terra.

Atravessou a rua. Queria se afastar o mais possível do prédio do plano de saúde. Correu sob marquises podres, pulando pernas de mendigos, sacos de lixo e ratazanas. O cheiro era insuportável. Desligou os sensores olfativos. Entrou num beco sombrio. Foi cercado por três homens com cabelos e barbas desgrenhados, armados de facas. Eles cercaram Sinatra e o esfaquearam na barriga, ao mesmo tempo, por todos os lados.

As pontas das lâminas atravessaram a pele e quebraram na proteção interna de porcelana texturizada de sua cintura. Sinatra socou um na cabeça, outro no peito e o terceiro tentou correr, mas um chute nas costas o jogou contra uma grade de ferro.

Tirou a roupa de guarda da Administração e vestiu a de um deles. Sentiu-se sujo. Estava confuso. Encolheu-se num canto do beco. Tinha medo de pensar e de a qualquer momento o Síndico voltar a falar dentro de sua cabeça. Não o haviam preparado para aquilo. Não sabia nada sobre a Terra. Não aprendera a lutar pela vida. Não havia registro de pavor em suas emoções programadas. Mas era o que estava sentindo.

Procurou concentrar-se em sua missão. Isso um híbrido podia fazer bem feito. Estava ali para salvar Rosa. Mas por que salvar Rosa, se sua patroa era Tânia? Precisava deixar as coisas claras para que a energia não lhe faltasse. Tão longe do Satel. Tão longe do "pai".

"Tenho de ser fiel à senhora Tânia", pensou. "Mas ela já não tem corpo. Restou apenas o cérebro. Mas não dizem que a alma está no cérebro? O corpo é o veículo do cérebro, e o cérebro é o veículo da alma. Então tenho de ser fiel ao seu cérebro."

A intenção de ir atrás do cérebro da patroa restaurou seu censo de fidelidade. Sentiu-se cumprindo lei da robótica, a defesa do dono. O pai ficaria contente. Não tentaria impedi-lo.

Tentou rastrear o cérebro de Tânia através do marca-passo. Não conseguiu. O doutor Oscar o havia extraído. Tinha de encontrar seu laboratório na Terra.

Como o Síndico dissera, cada híbrido carregava em seus arquivos de memória todas as informações sobre o Satel. Sinatra conectou-se à Nova Copacabana, com medo de seu pai interferir, descobrir onde estava, mandar os Agentes da Administração da Terra prendê-lo e levá-lo de volta... mas pôde acessar os arquivos do Departamento de Pessoal sem problemas.

Nada encontrou sobre as atividades do doutor Oscar na Terra.

Uma ratazana mordeu-lhe o calcanhar. Ele a esmigalhou com o outro pé. Sentia-se forte como nunca.

Acessou o arquivo de Rosa. Claro, o doutor teria de pegá-la antes de ir para o laboratório. Se chegasse antes dele estaria tudo resolvido. Sem a interferência de seu pai, sentia-se capaz de revelar a ela o perigo que corria. Se Rosa já tivesse sido capturada, talvez alguém pudesse dizer para onde a tinham levado.

Encontrou facilmente o endereço terrestre de Rosa. Saiu do beco correndo, mas parou na calçada. Não sabia onde estava. Não conhecia nada sobre a Terra. A sua volta erguiam-se prédios cinzas, de paredes rachadas, vidros quebrados, fios por todo lado, pessoas gritando nas janelas, estouros, fumaça de carne queimada, nuvens marrons ameaçadoras. Um pingo queimou-lhe o pulso, abrindo um buraco por onde se via um *chip* de articulação. Outro pingo rasgou-lhe a manga da camisa, cortando-lhe a pele do ombro direito como uma faca. Um homem gordo vestindo farrapos o empurrou com força para baixo da marquise e se afastou resmungando:

– O idiota quer morrer! Não vê que a chuva começou? Idiota!

Foi então que viu uma micronave com o símbolo do plano de saúde parada numa esquina movimentada, flutuando a uns dois metros do chão. Correu, saltou e atirou-se contra o vidro do lado esquerdo.

Era uma nave de entrega, saindo da Alfândega. Não havia piloto. Sinatra sabia manejar qualquer máquina pertencente à Administração. Substituiu o destino no painel de bioplasma pelo endereço de Rosa e ordenou Velocidade Máxima ao comando.

Enquanto a linha vermelha assinalava o novo trajeto no mapa da MegaRioJaneiro/Br, Sinatra foi vendo como sobreviviam as milhões de pessoas deixadas para trás sobre o planeta, nas gavetas dormitórios nos morros, nos cubículos verticais que furavam as nuvens ácidas, nas ruas escuras, sob os guarda-chuvas de chumbo ou disputando espaços embaixo de marquises e viadutos... Viu a poça oleosa do oceano explodindo bolhas de vapor amarelado... A chuva entrava pelo vidro quebrado da nave e queimava a poltrona a seu lado... respingos lhe furavam as pernas...

Chegou ao setor de Pirâmides. O brilho de vidro e aço refletia a imagem da micronave. Desceu abruptamente e parou, flutuando a três metros de altura, diante da entrada da Pirâmide Japeri 5.

Teve de pular, pois um dispositivo de segurança a impedia de baixar mais. Logo entendeu por quê. Dezenas de pessoas a cercaram, e tentariam invadir se estivesse mais baixa.

Passou entre elas aos empurrões até atingir o elevador, numa das arestas da pirâmide, e subiu, deslizando, apertado entre homens que o olhavam, agressivos ou sonolentos.

Saiu no sexagésimo andar.

Procurou o apartamento pelo número, através de um corredor de paredes pichadas, descascadas, com a gordura de carnes fritas pingando das janelas... Velhos acocorados nas portas, espantando moscas, o olhavam intrigados... Crianças o perseguiam pedindo dinheiro, agarrando-lhe as pernas das calças, com barrigas dilatadas e remela nos olhos... Alguém o acertou com uma bola de vidro lunar na cabeça.

Haviam arrancado o número das portas. Perguntou por Rosa a uma mulher muito gorda, com as pernas cobertas de varizes, que pendurava roupas para secar entre os batentes. Ela indicou com o beiço uma porta, no final do corredor.

Sinatra deu cinco passos em direção a ela e recebeu um golpe na nuca que o jogou no chão.

Virou-se a tempo de evitar um segundo golpe. A barra de ferro levantou fagulhas no piso de aço.

Eram dois homens. Estavam furiosos.

Chutou a perna do que segurava a barra de ferro. O homem rodopiou e caiu de costas. O segundo atirou-lhe um cilindro de aço pesado no peito e bateu em sua cabeça com um pedaço de cano. O outro levantou e voltou a atacá-lo com a barra de ferro.

Sinatra conseguiu saltar para frente. Agarrou um deles pelo pescoço e bateu sua cabeça contra a parede. O homem escorreu para o chão como uma gosma, desacordado.

O segundo o derrubou com uma pancada de cano no joelho esquerdo, mas Sinatra teve tempo de levá-lo junto para o chão. Dobrou-lhe o braço para trás das costas e perguntou:

– Rosa! Onde está Rosa?

– Não sei! – disse o homem, gritando de dor. – Eles a levaram!

– Quem?

– Três homens!

– Como eles eram?

– Um muito gordo. Barbado. E dois fortes. Muito fortes. Com uniformes brancos. Estavam armados! Raios de luz!

– Por que vocês me agrediram?

– Rosa é nossa irmã!

Sinatra soltou o braço dele, levantou e o puxou pela camisa esfarrapada.

– Estou atrás dela para salvá-la! – disse. – Para onde a levaram?

– Não sabemos! Eles a pegaram! Estavam numa micronave hidrogenada flutuando aí fora. Jogaram a coitada lá dentro e sumiram entre as nuvens! Pensamos que você fosse um deles!

– Preciso saber onde ela está! E depressa! Não tenho muito tempo! A essa hora Rosa já pode estar...

– Não sei! Não sei!

Sentiu um puxão nas calças. Um moleque desdentado, com restos de comida em volta da boca e a pele manchada, agarrava-se as suas pernas.

– SAI DAQUI! – Sinatra gritou. – VAI EMBORA!

– Eu tenho uma coisa pro senhor... – insistiu o menino.

– O QUE É!?

O menino mostrou um pequeno rolo. Era uma minitela de bioplasma.

– Roubei do bolso do homem gordo no meio da briga – disse o menino, com um sorriso banguela. – O senhor vai mesmo ajudar a tia Rosa?

20

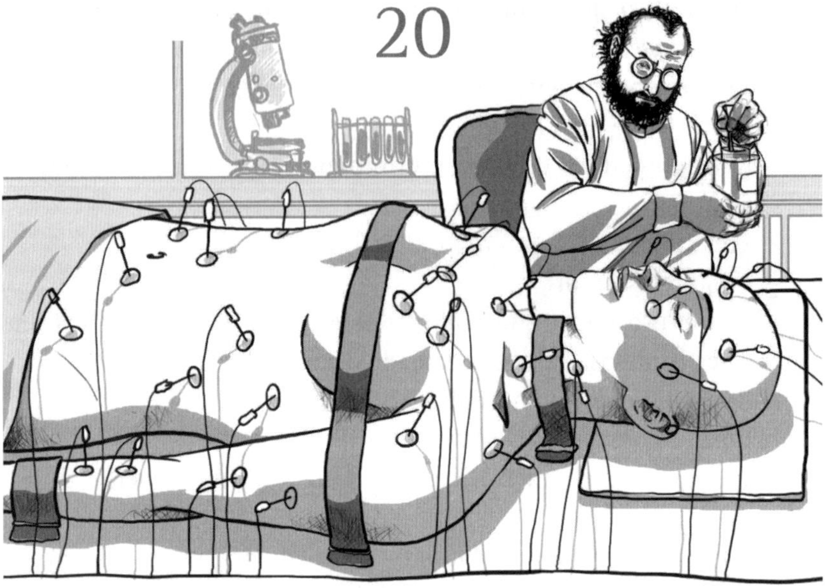

O CORPO DE ROSA ESTAVA NU, deitado sobre a prancha de polímero branco, no ambiente gelado da sala de cirurgia. Tiras de plástico amarelo a prendiam pelo peito, braços e pernas. Eletrodos saíam de todas as partes de seu corpo.

A luz fluorescente do teto refletia nas paredes de pedra lunar polida e nos instrumentos de aço do doutor Oscar. Cercado por pinças hemostáticas, afastadores, clips, sondas, bandejas, aspiradores de sangue e monitores que informavam no painel de bioplasma da parede as condições vitais da paciente, o corpo gordo e suado de Oscar se encontrava debruçado sobre a prancha, com o sangue pingando das luvas.

O enfermeiro entrou com um craniótomo portátil, para um segundo monitoramento da pressão sanguínea no cérebro de Rosa.

– Que sinal foi aquele, há pouco? – perguntou-lhe o doutor.

– Ah... nada não. Propaganda de remédio. Querem mandar amostras, e pediram o endereço daqui.

– Como sabiam o número do meu bioplasma particular?

– Esse pessoal descobre tudo.

– A pressão está normal?

– Um pouco alta.

– Diabos! Reduza a temperatura corporal. Uma hipotermia sempre ajuda. A pressão arterial elevada pode causar uma lesão irreversível. Não vamos querer estragar um corpo desses...

– E que corpo, doutor!

– Preste atenção no serviço. Depois que eu acabar de selar a dura-máter e costurar o couro cabeludo, vamos fazer um teste de apneia, desligando o respirador por dez minutos para elevar a concentração de gás carbônico no sangue. Isso deve estimular o centro respiratório encefálico. Se não houver resposta...

– Vai dar tudo certo, doutor...

– Espero. Confirmaremos os resultados com eletroencefalogramas e angiografias. Depois faremos testes de reflexos cefálicos. Continue a monitorar a circulação cerebral enquanto eu acabo de colocar o crânio de volta.

O laboratório ficava numa cobertura envidraçada, no alto de um prédio de quarenta andares.

A micronave do plano de saúde saiu do meio das nuvens ácidas, chocou-se contra a parede frontal e penetrou na varanda do laboratório, arrastando uma chuva de cacos de vidro, até parar com o bico estraçalhado no fundo da antessala.

Sinatra, com o corpo marcado por brigas e pingos de chuva ácida, saltou dos destroços da micronave e correu em direção à suntuosa porta de aço escovado. Abriu-a com um pontapé... e atirou-se ao chão antes que dois feixes de luz cortante o fatiassem.

Os dois seguranças gigantescos lançavam raios das pistolas, cortando móveis e abrindo frestas nas paredes. Nenhum anteparo era seguro para Sinatra. Correu, pulou, deu cambalhotas, até alcançar o espelho pendurado na parede à esquerda. Arrancou-o e, como um escudo, aparou o raio de luz da pistola de um deles e o redirecionou para o outro, que olhou por segundos o buraco que a luz lhe abria no peito antes de cair morto.

Sempre aparando e desviando a luz, avançou para o primeiro e, com a moldura do próprio espelho, acertou-lhe um golpe violento no queixo. Enquanto este perdia o equilíbrio, chutou o braço que segurava a pistola. A arma foi parar longe.

O gigante recuperou-se e socou sua cabeça. Sinatra ouviu um estalido de metal, e uma peça solta balançando lá dentro. Outro soco no peito o jogou contra a parede. Escorregou para o chão e o segurança atirou-se sobre ele, com as mãos apertadas em torno de seu pescoço. Seus nervos biosintéticos não eram preparados para resistir à pressão e ele se sentiu desligando. As pernas paralisaram, o tronco não respondia mais aos comandos, o braço esquerdo parou... A mão direita tremia freneticamente ao lado do corpo, em movimentos convulsivos... Até encontrar um grande e pontudo caco de vidro. Num último espasmo o braço subiu e cravou o vidro no pescoço do outro.

O homem levou as mãos à garganta, tentando estancar o sangue que esguichava da jugular secionada.

Sinatra recuperou-se, empurrou-o com o pé, levantou e correu em direção a uma segunda porta, de vidro, através do qual se via a sala de cirurgia, com o corpo gordo do doutor ainda debruçado sobre a prancha.

Um enfermeiro magro tentou impedir que entrasse. Sinatra o socou no estômago e quebrou a porta de vidro com sua cabeça.

Avançou para o doutor. Assustado, este empunhou um bisturi de luz e lançou um jato que cortou o pano da camisa de Sinatra, levando junto um pedaço grande de pele e deixando a mostra uma serie de *chips* e circuitos que emitiam pequenas fagulhas.

Conseguiu segurar o braço do médico.

A luz do bisturi passava entre eles, arrancando nacos de barba, cortando o nariz de Sinatra e marcando o teto com estranhos desenhos.

Sinatra não esperava encontrar tanta força nos braços do doutor. Perdeu a orelha direita. O curto se estendeu para a face, fazendo o canto da boca tremer intermitentemente. Foi jogado de encontro à prancha, com o peso do outro esmigalhando seu tronco.

Mais uma vez sentiu-se desligar. As pernas cederam.

Não tinha mais forças para se sustentar de pé, nem para impedir o avanço do bisturi do médico. Virou o rosto para escapar do raio de luz que se aproximava de sua nuca. Foi então que percebeu que estava com a boca encostada no umbigo de Rosa.

Um impulso elétrico percorreu sua espinha. Num movimento espasmódico, ergueu o joelho direito com toda a força entre as pernas do doutor.

Oscar, num reflexo causado pela dor, quis abaixar as mãos para se proteger de uma segunda joelhada. Esqueceu que segurava o bisturi. A luz passou por seu pescoço.

Por segundos a cabeça ainda tentou equilibrar-se no alto do corpo gordo. As duas mãos subiram, tentando apará-la, mas já haviam perdido a coordenação. O médico acabou segurando a própria cabeça à altura do peito. Em seguida suas pernas vacilaram e o corpo desabou.

A cabeça de Oscar rolou até um canto da sala e parou de lado. Os olhos continuaram piscando ainda por um tempo.

Sinatra, quebrado, cortado e com muitos pedaços em curto, permaneceu parado diante do corpo de Rosa estendido sobre a prancha.

Depois cortou as tiras de plástico amarelo que a prendiam. Não tinha pressa. Tudo estava acabado.

Chegara tarde. O cabelo raspado... O corte circular, no alto da cabeça, já havia sido costurado.

E ele encontrara o cérebro da amada numa geladeira.

Tirou todos os eletrodos que a ligavam aos monitores.

Beijou sua boca com carinho. Um beijo de despedida. Quando aquele corpo acordasse não seria mais ela, e ele não o amaria mais.

Retirou o cérebro de Rosa da geladeira e saiu da sala com ele. Passou pelo cenário de morte e destruição que provocara e parou na amurada da varanda.

Um vento morno varrera as nuvens marrons, levando a chuva ácida. A cidade aparecia entre a fumaça. As montanhas cobertas de gavetas, o burburinho do caos, a poça negra do mar.

Levantou a bandeja de plástico com o cérebro ainda sangrento a altura do rosto e o beijou. E, pela segunda vez, gotas de água lhe escorreram dos olhos.

— Rosa... minha querida... — sussurrou ao cérebro. — Se você ainda pode sentir... Eu te amo. Sua alma está aqui, em minhas mãos. Apesar de toda a beleza do seu corpo, sem sua alma ele não... — Engasgou. Soluçou.

— O que fizeram com você, minha querida? Aonde os caprichos levam o ser humano? Por que sempre procuram a felicidade onde não estão? — tornou a beijar o cérebro gelado. — Você me deu a vida. Os sentimentos. Pode me ouvir? Eu te amo... Eu...

Sentiu que alguém cutucava suas costas.

Pulou para o lado, protegeu o cérebro na bandeja com o braço esquerdo e fechou o punho direito, pronto para defender-se.

Mas era ela. Em pé. Sorrindo. Nua.

— Rosa! Quer dizer... dona Tânia! — ele gritou.

— Oi.

— Você não...? A senhora está...?

Ela riu:

— Sinatra, sou eu. Eu mesma.

— Quem?

— Rosa.

— Rosa?

— É. O transplante deve ter dado errado. Sou eu, amor.

— Tem certeza?

— Não seja bobo. Uma pessoa sabe quando é ela mesma.

— Mas...

— Eu sei de tudo. Um dos enfermeiros teve pena de mim e contou o que iam fazer comigo. E disse que, se o meu corpo fosse incompatível com o cérebro de Tânia, o doutor não faria o transplante. Deve ter sido isso que aconteceu, porque estou como era antes!

Sinatra olhou para o cérebro em suas mãos.

Atirou-o pela amurada.

Ele caiu quarenta andares e explodiu na calçada. Um bando de ratazanas apareceu para disputar os restos.

Sinatra e Rosa se abraçaram e beijaram longamente.

E fizeram amor sobre almofadas brancas.

Depois, sempre abraçados, traçaram planos.

— Vou deixar crescer a franja — ela disse — para esconder essa cicatriz horrorosa.

— Você sabe que agora é uma mulher rica, amor?

— Por quê?

— Dona Tânia assinou um testamento deixando tudo para você. Claro, ia voltar no seu corpo...

– Quer dizer que podemos fazer o que quisermos?

– É uma fortuna incalculável.

– Bom... Vou ajudar minha família, mandar consertar você e depois...

– O quê?

– Vamos para um Satel!

– Mas eu não posso voltar. Meu pai não...

– Não! Outro Satel! Outro Plano de Saúde! Sem marca-passos! Sem controle! Sem Bossa Nova! Vai ser maravilhoso!

Felizes, fizeram amor de novo.

Por fim, Rosa sussurrou no ouvido de Sinatra:

– Cante para mim...

– O que você quer ouvir, querida?

– Você sabe... "*When somebody loves you... It's no good unless he loves you... all the way...*" Oh, cante amor, cante!

Sinatra a olhou confuso.

Muito confuso.

O autor

Marynete Martins

Nasci e estou vivendo a maior parte da minha vida na cidade do Rio de Janeiro. Ela tem sido o palco de minhas alegrias e tristezas. Aqui, pela primeira vez, mergulhei no mar, vi o corpo de uma mulher, fui criança, adolescente, criei meu filho, quase perdi a perna num acidente de moto, vi meu pai e minha mãe morrerem e espalhei suas cinzas na Floresta da Tijuca.

Aqui foi o lugar que escolhi para parar e escrever. Hoje tenho mais de 50 livros publicados. Para se construir é preciso encontrar um bom terreno.

Acho que este livro é uma espécie de homenagem às avessas ao Rio de Janeiro. Como um amigo sincero, estou apontando os defeitos. As belezas naturais ofuscam. As elites se apropriam do dinheiro público. A injustiça social é status. A escravidão deixou sequelas. O turismo mascara tudo isso.

Tentei imaginar como será o futuro. Fiz uma pequena maldade com a geração da bossa nova, e com o mito da "cidade maravilhosa". Isolei a "atmosfera" da década de 1960 em Copacabana e a mandei para o espaço. Naquela época chegamos ao máximo da autoilusão e vendíamos ao mundo a imagem de uma cidade paradisíaca. Se o ângulo abrisse só mais um pouco já apareceriam as favelas subindo os morros. O resultado dessa ideologia de balneário estamos sofrendo hoje. E talvez também daqui a 150 anos.

A Copacabana de 1960 já não era um satélite artificial com música ambiente?

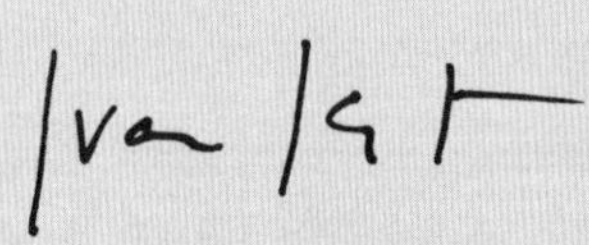

Entrevista

Em *Cidade maravilhosa*, você acompanhou a trajetória de personagens complexos, com origens diferentes e visões de mundo quase opostas. Esses personagens caminham por uma realidade insólita, que apresenta um planeta devastado, uma superpopulação miserável e um grupo social milionário (e por isso privilegiado) vivendo sob o comando de elites empresariais da área da saúde. Num enredo que combina ficção, aventura e amor, Ivan Jaf traz uma história eletrizante e cheia de reflexão. Na entrevista a seguir, conheça mais detalhes da produção dessa narrativa intrigante e atual.

CIDADE MARAVILHOSA APRESENTA UMA TRISTE REALIDADE, DIVIDIDA ENTRE POBRES, OS TERRÁQUEOS, E RICOS, EM SATÉLITES. EM SUA OPINIÃO, ESSE É NOSSO FUTURO?

• O livro mostra a Terra como um cenário perturbador. No satélite artificial, o cenário é maravilhoso, um paraíso. Parece que a coisa funciona assim: os ricos estarão sempre vivendo confortavelmente em seus paraísos artificiais, mas produzindo inevitavelmente sua enorme montanha de lixo e injustiça social. Quando esse lixo e essa injustiça social crescem a ponto de se tornarem incômodos, em vez de resolverem o problema, os ricos se mudam. Só que a Terra está ficando um lugar cada vez mais apertado para se viver, já não está dando para impedir que os pobres convivam fisicamente com os ricos, por isso imaginei que restará às pessoas que têm dinheiro criarem seus balneários no espaço, tornando-se afinal realmente uma classe "superior". Parece-me que os shoppings já são um ensaio inconsciente para isso.

COMO A ATUAL GERAÇÃO PODE SE MOBILIZAR CONTRA ESSA REALIDADE?

• Talvez forçando a criação de uma lei que torne obrigatório o tratamento psicanalítico de todo cidadão por no mínimo um ano. As Forças Armadas não conseguiram instituir o serviço militar obrigatório? Nesse "tratamento psicanalítico obrigatório" o sujeito, entre outras coisas, talvez descubra que se sentir superior a seus semelhantes, por ter mais dinheiro, é uma doença.

HOUVE ALGUMA INSPIRAÇÃO ESPECIAL PARA ESSA FICÇÃO? ALGUMA EXPERIÊNCIA PESSOAL, POR EXEMPLO?

• Na minha adolescência, em pleno movimento hippie, descobri um paraíso: uma praia deserta a umas três horas da capital do Rio de Janeiro. Em certo trecho, uma lagoa linda encostava na areia. Quinze anos depois voltei lá, e o local havia virado um condomínio de luxo. Em torno dele, os empregados do condomínio já formavam favelas. Após outros quinze anos, encontro a lagoa poluída, o condomínio em total decadência, cercado pela favela. Os primeiros habitantes do condomínio tinham caído fora. Fiquei imaginando o dia em que esse mecanismo de fuga dos ricos não daria mais certo, simplesmente por não haver mais nenhum espaço na Terra que não estivesse "favelizado". Só restaria criar artificialmente um paraíso, que girasse ao redor do planeta, inalcançável para os pobres. Quem financiaria um empreendimento caro como esse? Os planos de saúde. Quem teria mais interesse do que eles em preservar a saúde dos ricos, garantindo mensalidades estratosféricas, com seus clientes vivendo em ambientes totalmente seguros e monitorados física e psicologicamente?

O QUE O LEVOU A DECIDIR PELA REGIÃO DE COPACABANA, RIO DE JANEIRO, COMO PALCO DA HISTÓRIA?

• A escolha da Copacabana da época da Bossa Nova como cenário foi uma "homenagem" (talvez maldosa) ao período considerado mais "feliz" da cidade. Quem quiser entender o que resta quando um balneário se "muda" é só visitar a Copacabana de hoje.

VOCÊ ESCREVE HÁ MUITOS ANOS. FALE SOBRE SUA RELAÇÃO COM OS LIVROS.

• Leio livros pelo menos duas horas por dia. É melhor que meditação ou ioga, porque não estou focado em mim mesmo, e sim nos pensamentos do outro. E infinitamente melhor do que ver tevê, porque crio minhas próprias imagens, e a neurociência já provou que isso é altamente estimulante para o cérebro.